吉祥寺物語

戦火を生きた一家の記録

金丸幸世
Kanamaru Sachiyo

幻冬舎 MC

吉祥寺物語

―戦火を生きた一家の記録―

目次

一章　中谷家の人々

渋谷駅から京王井の頭線に乗って27分で着く吉祥寺は、今では武蔵野市の中核として繁華な町に発展しているが、戦中は武蔵野の面影を色濃く残した小さな町だった。それでも井の頭恩賜公園があり、さらには戦闘機の製造を請け負っていた中島飛行機武蔵製作所もあって、戦前戦中を通して農村から住宅地へと変貌を遂げていった。

吉祥寺駅から歩いて30分のところに、中谷家は暮らしていた。会社勤めで、毎日大手町まで通っている父・信介、母・絹子、長男で大学1年生になる克彦、長女で女学校3年生の道子、次男で中学2年生の大二郎、そして国民学校4年生の次女・洋子の6人家族だった。当時、女学校と中学校（旧制中学）では5年制がとられていた。母の絹子は京橋の山田呉服店の娘で、妹は吉祥寺から少し離れた小金井に住んでいる。絹子の兄の山田信一郎は、老舗呉服店の当主として経営の才のみならず人格的に優れた人物として知られていた。

平凡に暮らす一家を戦争の影が覆い始めたのは、太平洋戦争が始まってからだった。

昭和16年12月8日、日本はハワイにあるオアフ島の真珠湾（パールハーバー）を奇襲攻撃し、アメリカ合衆国と戦争状態に入った。同時に連合国側のイギリス、フランスとも戦争状態に入っていた。開戦当初、日本軍は破竹の勢いで東南アジアにも進出していったが、昭和17年6月のミッドウェー海戦で大敗北を喫し、主力空母6隻とベテランパイロットを失い、以後、経済力と工業力で勝るアメリカに一方的に押し返されて、戦力差は開く一方だった。各地で敗戦を重ねた日本軍は、兵力の枯渇を補うために、それまで兵役を猶予されていた大学生の徴兵を昭和18年から開始した。

中谷家の長男克彦も、大学生になって1年足らずで、召集令状が来てもおかしくない状態だった。中谷家のみならず、日本の至るところで悲喜こもごもの「生きる」ための闘いが始まっていた。

そんな昭和19年3月の初めに、洋子が通う国民学校では終業式が行われた。今では3月の中旬が卒業式、下旬が終業式、4月初旬から入学式、始業式となるが、当時はおよそ1カ月早く春休みが始まっていた。

洋子には小山桃子という大の仲よしのクラスメイトがいた。皆からは桃子と呼ばれる天真爛漫な子で、その桃子が終業式のあと、「明日、うちに遊びに来ない？　お父さんがお休みですき焼きをするんですって。お母さんやお父さんに洋ちゃんのことをいろいろと話していたら、お父さんもお母さんも、洋ちゃんに会いたいからぜひ来てもらうようにと言うのよ。ね、だからお家に遊びに来て」と誘ってきた。洋子はすき焼きなど何年も食べていないので嬉しくなり「ありがとう。楽しみにしてるね」と答えた。

洋子と桃子は尋常小学校に入学したのだが、昭和16年の4月から国民学校になり、学校の校庭に天皇と皇后の写真が入った「奉安殿」というところができた。そこの前では必ずお辞儀をするようにと先生から言われ、先生と軍人が監視している。ある時、男子生徒がお辞儀をするのを忘れたのを見た軍人がその子にビンタを何十回もしたので、その子は気を失って倒れたとの話が全校に広まった。洋子は桃子と相談して、「私たちは忘れっぽいところがあるので、登校も下校も『奉安殿』のある校庭と反対の校庭を歩くことにしよう」と決めた。

同級生の中村勝子は、優等生で軍国少女であった。家から軍歌を歌いながら校門まで来て「奉安殿」に深々と頭を下げ、また軍歌を歌いながら教室に入る。そしていつも「必勝」と書いた鉢巻きをしていた。

校門のそばには、薪を背負い本を読んでいる人の石像が建っていた。洋子が先生に聞いたら、二宮金次郎というとても偉い人だと言うが、洋子にはさっぱり分からなかった。

音楽の時間は、尋常小学校の時は滝廉太郎の『花』など綺麗な歌を歌っていたが、国民学校になると軍歌になり、桃子は「兵隊さんの歌う軍歌など嫌いだ」と言う。洋子も嫌いだ。歌わないと先生に叱られるので小さな声で歌っているが、勝子は大きな声で堂々と歌っている。

現代でいう道徳の授業にあたる「修身」の時間に、桃子は「さっぱり分からず、面白くなくて眠くなるので嫌いだ」と洋子にそっと言った。洋子も同じである。勝子は先生の言うことを一生懸命聞いていて、時々手を挙げ先生に質問をしてメモしている。

洋子が母の絹子にそのことを話すと、「国語と算数だけはしっかり勉強してね。修身の時間が嫌だなどと誰にも言ってはいけませんよ」と言われた。桃子だけには誰も居ないところで言うと、桃子のお母さんも同じことを言っていたらしく、それから桃子と洋子は親友になった。

勝子一家は、吉祥寺ではちょっとした有名一家である。それは、日曜日になるとおイモの朝食を食べたあと、お父さん、お母さん、女学生のお姉さん、中学生のお兄さんと勝子の一家5人で必勝の鉢巻きをして、軍歌を歌いながら八幡様へとやってきて、八幡様へ必勝祈願をして万歳三唱し、また軍歌を歌いながら帰っていくからだ。それを2年も続けているので、八幡様の近所の家では、中には「立派な一家だ。軍は、表彰状を出すべきだ」と言う人もいれば、「日曜だというのに、おイモでよくあんな大声が出る」

と家の中では言っているが、表に出ると「ご立派なご一家ですね」と挨拶している人もいる。

昭和17年になると、体育の時間から運動がなくなっていた。代わりに「鬼畜米英」と書いた藁人形が校庭にでき、軍人がその藁人形を竹槍でエイと言って突く指導をした。一回で突ける生徒は少なく、ちゃんと突けるまで軍人は何度もやらせるので、生徒たちはくたくたになり、泣きだすものも出てきた。

東京では、昭和16年からお米は配給制になっていた。16年は1人1日3合であったのが、昭和19年になると1人1日1合に減った。どこの家庭も、主婦や子供たちが農家へ行ってサツマイモかジャガイモと野菜を買っていたが、皆いつもお腹をすかしていた。お店は、肉屋、酒屋、八百屋、お菓子屋も全てなくなっていた。主婦たちは「どうしてこんな世の中になってしまったのでしょう」と言って、ヒソヒソとどうも軍の方へ行ってしまったようだなどと話している。

昭和18年4月、山本五十六元帥は、前線の視察中に搭乗機がアメリカ軍に撃墜され戦死した。

日本はどんどん負けているのに、ラジオの大本営発表と新聞は勝った勝ったとウソの報道をし、9割の日本人はそれを信じた。勝子一家などはその例である。負けていると分かっていても、口に出せば憲兵や警察に連れて行かれるので、思慮のある人は外では言わないようにしていた。


洋子が、桃子からすき焼きに誘われたことを絹子に伝えると、「今時すき焼きなど出来る家があるのかしら。珍しい家もあるもんだね。家には食べるものがないので、お庭で育てたチューリップとパンジーの花に蕾(つぼみ)が出来たのを持っていきなさい」と言った。

次の日、朝食のおイモを少し食べ、大きな袋に入った2つの鉢を持って桃子の家に向かった。桃子の家は、洋子と同じく国民学校から歩いて15分の距離にあり、洋子の家からも15分という近さだった。桃子の家の玄関のベルを押すとドアが開き、そこには桃子とお父さん、若くて綺麗なお母さんが立っていた。2人は「洋子さん、よくいらっしゃいました。桃子がいつもお世話になっています」と優しく迎えてくれた。洋子は「今日はお招きいただきましてありがとうございます」とペコリと頭を下げ、「母が作ったお花です」と、チューリップの鉢とパンジーの鉢を渡した。お母さんは「まあこんな綺麗なお花をお作りになる洋子さんのお母様は、素敵な方ですね。ありがとうございます」と言いながら玄関に飾った。

桃子は「まず私の部屋に来て」と言うと、洋子を自分の部屋に誘った。8畳ぐらいの広いお部屋で、立派な本箱には子供の読む本や漫画がぎっしり入っていた。棚の上には、いろいろな国の素敵なお人形がたくさん並んでいる。また、横の柵には日本各地の郷土玩具が並んでいる。洋子はびっくりした。桃子はすごいものをたくさん持っている。これを毎日見ているだけでも楽しいだろうと思った。その後、桃子といろいろお話をして面白かった。

桃子のお母さんが「お昼が出来ましたのでいらっしゃい」と言いに来た。桃子に誘われて食堂に行くと、素敵なテーブルの上には大好きなすき焼き鍋から、懐かしいおいしそうな匂いがしていた。4人が席につき、すき焼きを食べながら楽しいお話になった。

お母さんから「桃子は一人っ子なのでお友だちが出来るとよいと思っていましたのよ。

桃子は帰ってくると洋子さんのお話ばかりしていて、よいお友だちが出来たと夫と喜んでいたのです。これからも、どうぞよろしくお願い致します」と言われ、洋子はちょっと恥ずかしかったが、「ハイ」などと言って楽しくおいしいものを食べた。それはとても幸せな時間となった。食事が終わると、紅茶とショートケーキが出た。ケーキを食べるのも何年ぶりかである。食べ終わると桃子は、また「私の部屋に来て」と洋子を誘った。またおしゃべりをして、桃子は洋子に『のらくろ』という漫画を読んだことがあるかと聞いた。洋子が知らないと答えると、長い漫画だけどと言いながら『のらくろ』の最初の巻を貸してくれた。

帰る時間になったので、洋子は桃子の両親にお礼のご挨拶に行った。お母さんが「ご家族の皆様と召し上がってください」と言いながら重い袋をくれ、お父さんは、「これから桃子をよろしくお願いします」と言った。洋子はハイと答えて「私の方こそよろしくお願いします」とお礼を言って帰ってきた。

絹子に報告して大きな袋を開けると、羊羹が4本も入っていた。絹子はびっくりして「あるところにはあるものだね」と言うと、「洋ちゃんには悪いけど、この4本の羊羹、お母さんに預からせてくれない」と言った。毎日家族の食料を集めるのに大変である絹子には、この羊羹で何か考えがあるようだ。

次の日。姉の道子は、父の信介が会社へ出て絹子とサツマイモの朝食のお皿をかたづけたあと、「今日は女学校の友だちと行くところがあるので、夕食までには帰ります」と告げると、防空頭巾をかぶって出かけていった。

昭和19年になると「贅沢は敵だ」と書いた立て看板が通りのあちらこちらに立てられるようになった。「大日本国防婦人会」と書いた襷をかけ、もんぺに防空頭巾をかぶった婦人があちらこちらに立っていて、綺麗な和服や洋服を着た女性を見るとお説教をし、家に帰りもんぺと防空頭巾に着替えてくるようにと指示していた。洋子などの児童も防空頭巾をかぶり、目立たない洋服を着て学校へ行っている。

お昼は、大学1年生の兄・克彦と中学生の兄・大二郎と洋子、それに自分を入れて4人分を絹子が作り、大きなお皿でサツマイモを蒸したものと野菜いためを出してくれた。4人が食べ終わると絹子は「克彦さん、私のお花畑に水をやってください。大二郎さんは力持ちなので、リヤカーを引いて農家さんの家へ一緒に行ってください。お母さんは羊羹1本でおいしいものとたくさん交換してみせます。洋ちゃんもついていらっしゃい」と言った。

農家に着くと、ちょうど農家の家族はおやつの時間で漬物とお茶を飲んでいた。絹子は農家の奥さんに羊羹を見せて、「これで鶏と卵20個と交換しませんか」と言った。農家の子供たちは羊羹なんて何年も食べたことがないので、「甘い羊羹を食べたいよ」と言う。4人の子供たちがせがむので奥さんがご主人と相談して、ご主人が鶏1羽をさばいて卵を20個くれることになり、絹子の商談は成功した。それからお金でサツマイモとジャガイモ、大根、人参、白菜、長ネギをリヤカーいっぱいになるくらい買い、大二郎に「リヤカーを引いてくださいね。さ、帰りましょう」と声をかけた。絹子は農家のご主人と奥さんに、またよろしくお願いしますと挨拶もしていた。大二郎と洋子はこの何年も鶏や卵を食べていなかった。絹子が「今夜は鶏の唐揚げです」と言うと、大二郎は「やったあ」と喜び、リヤカーを引く手に力を込めた。家に着いた洋子は、母はすごい人だと思った。

夕食は何年ぶりかで鶏の唐揚げを食べて、皆大喜びであった。

道子が帰ってきて、取り置いておいた唐揚げを食べたあと、絹子とあとかたづけをして部屋に戻ってきた。道子はニコニコして嬉しそうである。洋子は、きっと久しぶりに鶏の唐揚げを食べたからだと思った。すると道子は、「洋ちゃん、今日はよい本を読んであげましょうね」と言って、島崎藤村の『初恋』の詩を何度も何度も読んでくれた。道子は文学少女で、洋子と違い優等生である。藤村が好きで、前も時々藤村の詩を読んでくれたが、『初恋』の詩は初めてだ。部屋の一隅には大きな本箱があって、日本文学全集が入っている。

女学校3年になって「水甕（みずがめ）」という短歌の結社に入り、短歌を作り投稿している。道子は学校から帰ると、絹子の手伝いをしたあとで復習や予習をして短歌を作り、寝る前には必ず日記をつけ、日記は押入れの上の天袋に入れていた。天袋は道子専用である。洋子は、道子姉さんがニコニコしていたのは鶏の唐揚げのせいだと思っていた。だが、藤村の『初恋』を何かうっとりとして読んでいる道子を見ると、もしかしたら、今日は何か特別よいことがあったようだと感じた。

中谷家は吉祥寺に住んでいた。

2階建ての家で、2階にある床の間と押入れのついている10畳の部屋が、父・信介と母・絹子の部屋だった。信介は本好きで、部屋の両側に大きな本箱が3つずつ、計6つ並んでいる。隣は8畳の客間で、押入れが2間ついている。

1階は10畳の居間兼食堂になっている。他に8畳の部屋が2つあり、それぞれに2間の押入れがついている。1つは、早稲田大学生の克彦と中学生の大二郎の部屋である。もう1つの8畳間は、女学生の道子と洋子の部屋である。あと6畳の納戸がついている。

広い庭には2階より高い富有柿の大木があり、無花果(いちじく)が3本、茱萸(ぐみ)が2本と、絹子が趣味にしている季節に合わせていろいろな花を咲かせる草花が植えてある。庭のすみには、いろいろな道具などを入れておく大きな小屋がある。

裏庭には大きな秋海棠(しゅうかいどう)の大木や射干(しゃが)の花などを植え、炭や豆炭、薪をたくさん入れる大きな小屋があった。

その頃の吉祥寺はガスも水道も通ってなく、水は内井戸である。お米やサツマイモは竈の下に薪を燃やして炊いた。お風呂も薪で、おかずは電熱器で作っていた。

冬になると、炬燵(こたつ)には豆炭が入れてあった。あとは火鉢を使い、炭を赤くして暖まり、夜は湯たんぽである。

二章　恋する乙女

次の日も道子は出かけたが、夕方5時には帰り絹子の手伝いをして部屋に入ると、『ゴンドラの唄』の歌を何度も歌いながら遠い空を見て、何か嬉しそうにしていた。

また今日も道子は出かけ、帰ってくるなり包みを押入れに入れた。食後の手伝いが終わると部屋に戻ってきた。

「あの方がね、私が短歌の勉強をしているとお話ししたら、与謝野晶子の『みだれ髪』という歌集をくださったの。初版本で短冊形をしていて洒落ているでしょう。少し読んであげるわ」

押入れから包みを出した道子は、そう言って2、3首読んだ。

「やっぱり与謝野晶子は天才ね。洋ちゃん、このことは誰にも言わないでね」

洋子はやっぱりと思った。洋子が「道子姉さんの味方だから、誰にも言わないから大丈夫よ。それに、私は子供だから知らないと言えば皆そう思うでしょ」と言うと、道子は洋子を抱いて何度もありがとうと言った。

次の日も道子は出かけていった。夕食後、道子が部屋に入ってくるなり袋からドロップの缶を出し「あの方が妹さんにと言ってくださったのよ」と洋子に差し出した。洋子はドロップなどこの4、5年食べたことがなかったのでびっくりした。

――その方は私のことを知っているのであろうか。道子姉さんが私のことを言ったのかしら。妹のことまで気にかけてくださるなんてきっと優しい人なのであろう。

「ありがとう。その方にもありがとうって言ってください」

「誰もいないところで食べてね。大丈夫。今は食べてもいいわよ」

ピンクのドロップを1つ口に入れると、口に甘くおいしいものが広がり幸せな気分になった。

洋子は毎日1つだけ食べようと思った。

あまりに幸せな気持ちになったので、何度もありがとうと言ったら、道子は「洋ちゃんはいい子だからよ」と言いながら頭を撫でて抱いてくれた。洋子は、道子のことを絶対守りたいとまで強く思った。

次の日も道子は出かけていって夕方5時頃戻ってくると、すぐ袋を押入れに入れた。絹子の手伝いで夕食のあとかたづけをして部屋に戻ってくると、部屋の押入れから袋を出すなり、「あの方が『道子さんは短歌の勉強をして日本文学全集は全てお読みになっていらっしゃるが、外国の小説や詩集をお読みになっていらっしゃらないようですね。これは『海潮音』といって、上田敏が外国の詩人たちの詩を日本語に翻訳した本でとてもいいものです。差し上げますので読んでみてください』と言ってくださったの」と『海潮音』という本に頬ずりして一生懸命読みだしたので、洋子は眠くなり寝てしまった。

次の日は日曜日だった。道子は相変わらず嬉しそうにして出かけていった。信介は不思議に思い、絹子に尋ねた。

「道子は春休みだというのにどこに行ったのか」

「道子の女学校では、この春休みから日曜日も、軍の命令で兵隊さんの慰問袋を作るために学校へ行ったのですよ。お昼のお弁当が出るそうですよ。女学生も大変ですね」

信介はそれを聞いて「女学生もお国のために頑張っているのか」と喜んでいる。

それを聞いて洋子は内心びっくりした。そして母はすごい人だと思った。絹子は道子が毎日出かけていくのは、誰かに逢いに行くためだと知っているようだ。確かに道子が出かける時、絹子が道子の耳もとで気をつけて行くのよと言っているのを、何度か洋子は見たことがある。それなのに、絹子は道子のためを思って、信介には本当のことを伝えなかった。

その日、道子は夕方5時頃帰ってきていつも通り絹子の手伝いをしたあと、部屋に入ってくると「洋ちゃん、『海潮音』の素敵な詩を読んであげるわね」と言って「山のあなたの空遠く」という詩を何度も読んではうっとりしている。洋子は、きっと道子姉さんはあの方と幸い住むという国へ行きたいのだろうと思った。

次の日、信介は会社へ行き、道子も出かけた。春休みなので、克彦は毎日、絹子が手入れしている庭の花に水やりをすませると、自分の分と大二郎の布団を干し、庭の道具小屋の整理をしている。絹子が克彦たちのお部屋掃除を終え、お昼の支度をし始めた時である。

絹子のそばに大二郎がやってきた。大二郎は優等生で勇ましい軍国少年である。大二郎は絹子に「お母さんは谷崎潤一郎の『細雪』を読んだことはありますか」と尋ねた。

「いいえ、今年になってからは食料集めに忙しく本を読んでいる時間がなくてね」

「昨年1月に発表禁止になった本です。そのような本をお母さんや道子姉さんが読んだのかと思ったのですが」

「お母さんは読んだ覚えがないし、道子さんは藤村が好きなので読んでないのではないかしら。それがどうしたの」

「あんな恋愛小説を書くとはけしからん。戦争で兵隊さんが戦っているのに、あんなチャラチャラした本を書くなんて、谷崎潤一郎なんか牢屋にでも入れてしまえばよいのだ」

大二郎はそう言って息巻いていた。

洋子には何か少し分かってきた。毎日出かけることを道子がとても気にしていること も、絹子が信介に軍の慰問袋を作りに行っていると言ったことも、洋子には何が何だか よく分からないが、大変な世の中になっていることだけは少し分かってきた。

道子は夕方5時に帰り、絹子の手伝いが全部終わってから部屋に戻ってきた。

「『海潮音』にはいろいろ素敵な詩があるのよ。今日は違うのを読んであげましょう」

そう言って「時は春、日は朝(あした)、朝は七時(ななとき)、片岡に露みちて揚雲雀(あげひばり)なのりいで、蝸牛(かたつむり)枝に這ひ、神、そらに知ろしめす。すべて世は事も無し」と読み始め、惚れ惚れとした口調で言った。

「この詩とても素敵でしょ。春をこんな綺麗に書いているのよ」

「神って何?」

「ヨーロッパの詩人だからきっとキリストよ」

「その国は戦争をしていないの?」

「『すべて世は事も無し』と言っているので、その国は戦争はしていないようね」

洋子は、その国ではきっとケーキ屋さんもあっていいなあと思った。

次の日も道子は出かけていった。帰ってきて夜になると『海潮音』を一生懸命読み、「これで全部読んだわ。外国の人の詩ってまたいろいろで、とても勉強になったわ」と言う。道子の頭の中はあの方のことでいっぱいのようである。

次の日も、出かけて帰ってくるなり重そうな本を押入れに入れてから絹子の手伝いに行き、夕食を皆で食べる時もニコニコとしていた。手伝いが終わり、部屋に帰ってくると、「あの方が『もう『海潮音』は読み終わったと思い、今度は小説で、シェイクスピアというとても人間洞察の深い小説家の『ロミオとジュリエット』を持ってきましたので読んでください』と言って、こんどは外国の小説をくださったの」と言いながら、その本を嬉しそうに撫でて読み始めた。

洋子はまだ残っていたドロップをなめ、道子と一緒に幸せな気分になった。

次の日もまた、道子は『ロミオとジュリエット』を夢中になって読んでいる。そんな日が1週間続き、やっと読み終えた。道子は「シェイクスピアという小説家はすごいのよ。洋ちゃんに読んであげてもいいのですが、ちょっと洋ちゃんには難しいのでね」と言った。

3月の末になった。3月の初めより、道子はすっかり大人の美人になってきた。こんなに道子姉さんを美しくする人は、もしかして魔術師かもしれないと洋子は思った。

道子はあの方のところに毎日行っていて、3月最後の週となった。今日も出かけていき、前より分厚い本を持ち帰ると押入れに入れて、絹子の手伝いを終えて部屋に戻ってきた。押入れから「あの方が、『この前お渡しした『ロミオとジュリエット』は読み終えたということなので、トルストイというロシアの文豪が書いた『戦争と平和』がよいでしょう』と貸してくださったのよ」と言いながら分厚い本をよいしょと出してきた。「これこんなに厚くて何か難しそうだけど、私頑張るわ」と呟きながら、その本を読み始めた。洋子は、あの方は道子姉さんにだんだん難しい本をくださっているようだ、先生みたいな人だと思った。

それから毎日、道子は帰ってくると、本にかじりついて読んでいる。時々洋子に「お弁当はあの方のお母様が作ってくださるの。とてもおいしいのよ」などと言う。洋子は、あの方のお母様も道子姉さんのことを知っているようだと分かった。

1週間たっても『戦争と平和』を読み切れないうちに、4月になった。克彦は早稲田大学の2年生になり、洋子は国民学校の5年生になった。

始業式の時に桃子に会った。桃子は「今度の日曜日のお昼、洋ちゃんのお家へ遊びに行ってもいいかしら」と言う。洋子は3月の初め、桃子のお宅であんなにご馳走になったので、「桃ちゃんが来てくれたなら、家の人たちも皆喜ぶわ。待っているわ」と言ってしまった。家に帰り絹子に「桃ちゃんが今度の日曜日のお昼に遊びに来ると言うの。何かある？」と言うと、絹子は「まだ羊羹が1本あるからどうにかなるわ。洋ちゃん心配しないで」と言ってくれた。

そのうち、道子が学校から帰ってきた。夕食を終え、絹子のかたづけがすむと、道子は絹子に「私の部屋に来て」と言って、部屋に連れてきた。部屋に入るなり道子は絹子に、「今日学校へ行ったら、親友の美和子さんが面白い話をするの。美和子さんのお家の近くに金子光晴という詩人のお屋敷があるの。女中さんもいて、一人息子の乾さんのことで噂になっているそうなの。雨の日、お屋敷の塀のそばを通ると若い男性がすごい咳をしていて、晴れた日には生松葉の燻す匂いと若い男性の咳が聞こえるというの。美和子さんも春休みなので、雨の日、塀のそばを通ると若い男性の咳が聞こえ、晴れた日に行ってみると生松葉の燻す匂いと若い男性の咳が聞こえるのよ。噂通りなの。そして近所の人が表にいると、金子光晴さんが歩いてきたので『お宅のご子息さんは近頃お見かけしませんがどうかなさったのですか』とお聞きしたら、『息子は子供の頃より小児喘息を持っていたのですが、近頃それがひどくなり医者にみてもらい、薬も毎日飲ませていますがいっこうに効かず困っています』とおっしゃったのですって。それを聞いた人は、金子さんていつもとぼけたことを言う人なので、何をしているのか分かったものではないと言っていたそうなの。4月20日に徴兵検査があるから、その結果をお知らせしますと美和子さんが言っていたわ。お母さん、その金子光晴って人、すごいと思わない?」と聞いていた。絹子は「吉祥寺にもすごい人がいるんだね。私の兄（京橋の山田呉服店主）の山田信一郎に聞かせたら喜ぶと思うわ。4月20日にはっきりしたら兄へ手紙を出すわ。でも、このことは、お父さんや大二郎さんに言ってはダメよ。道子さん気をつけてね。洋ちゃんも、誰にも言ってはダメですよ」と言って、その話は終わった。

日曜日がやってきた。道子が待ちに待った日曜日だ。いそいそと出かけていってすぐに玄関のベルが鳴った。絹子と洋子が玄関に出ると、桃子が立っていた。

「今日はお招きいただきまして、ありがとうございます」

「この前は洋子がお伺いして大変御馳走になり、お土産までいただきありがとうございます」

絹子が言うと桃子は、リュックの中から大きな袋を取り出して絹子に渡した。

「母から皆さんへとのことです」

絹子が見たらチョコレートがたくさん入っていた。絹子は「まあまあ、いただくばかりですね」と言った。洋子は「桃ちゃん、私の部屋に来て」と言いながら部屋へ案内した。部屋に入るなり桃子は「洋ちゃんのお姉様ってすごく綺麗な人ね。そしてとても優しいお姉様ね。今そこでお会いしたら『桃子さんですね、いつも洋子がお世話になっております。私は用事で出かけますが、今日はゆっくりしてくださいね』とおっしゃったの。洋ちゃんはあんな綺麗なお姉様がいてうらやましいわ」と言う。洋子は内心嬉しかったが、まあねと軽く応じていた。絹子が「桃ちゃん、喉が渇いたでしょう」と言って、冷たくした牛乳に蜂蜜を入れた飲み物を2つ持ってきた。桃子は一気に飲み、冷たくておいしいと言ったので洋子は安心した。桃子は部屋を見て、大人のご本ばかりなのねと言って、持ってきていた次の『のらくろ』を貸してくれた。

「ここにある本は道子姉さんのもので『日本文学全集』が入っている本箱なの。道子姉さんは時々この中の易しい詩集などを私に読んでくれるのよ」

「いいなあ、優しいお姉様が本を読んでくれるなんて」

うらやましいわと言いながらいろいろお話をしていたら時間はあっという間に過ぎていって、絹子が「お昼ですよ。皆お席についているのでいらっしゃい」と言いにきた時には、1時間もたっていた。10畳の部屋に桃子を案内すると、席には父の信介と克彦、大二郎がついていた。絹子が「小山桃子さんです。洋ちゃんの親友です」と紹介した。桃子が「桃子です」とペコリと御辞儀をしたので、皆が手をたたいて「桃ちゃん、よくいらっしゃいました」と言った。桃子は「こんな大勢でお食事するのは初めてで嬉しいです」と言った。「では皆いただきましょう」という絹子の合図で食べ始めた。今日はお昼なのに、白いご飯に鶏の唐揚げと卵焼きと野菜サラダのお皿がついている。お味噌汁はお豆腐とネギだった。中央の大皿には、絹子のお得意のぬか漬けが色とりどり載っている。

中谷家にとっては久しぶりのご馳走である。

大二郎は、桃子が可愛くてしょうがないようだ。大二郎が「桃ちゃん、鶏の唐揚げは好きかい」と聞くと、桃子は「ここのお家の唐揚げ、とてもおいしい。そして卵焼きもおいしい。唐揚げは今まで食べた中で一番おいしい」と言ったので、洋子は安心した。そして「こういうお漬物を食べたのは初めてで、とてもおいしいです」と言うと、大二郎は「うちの母はとても料理上手なんですよ」と自慢していた。

大二郎が「桃ちゃんはどこで生まれたの？」と尋ねたら「東京です。お父さんもお母さんも東京です。2人のお父様も、親戚も皆東京生まれです」と答えた。大二郎は「桃ちゃんのお家は江戸っ子一家だね」と言う。桃子が「江戸っ子ってなあに」と言ったので皆大笑いした。

　桃子は無邪気な性格なので、大人は可愛くてしょうがないようだ。桃子が「私、社宅に住んでいるの」と言うと、無口な克彦が、「お父様は何をしていらっしゃるの?」と尋ねた。桃子は「前にお母さんに、お父さんは会社で何をしているの?と聞いたら、お父さんは飛行機を作っているのよと言っていたの。面白そうなので、桃子も飛行機作るのを見たいと言ったら、子供は見に行けないんですってと言ってた」と答えた。

　大二郎は、克彦に「桃ちゃんのお父様は中島飛行機武蔵製作所にお勤めなんだね。大きな工場で、隼などの戦闘機を作っているかっこいい会社なんですよ。桃ちゃんのお父様はかっこいいなあ」と言うと、桃子は「そうなのですか。でも普通のお父さんよ」と言ったのでまた皆が笑った。

　そんなことを言っているうちに昼食は終わった。信介は2階に行ってしまい、絹子は、「桃ちゃんは無花果はお好きかしら」とお皿に無花果を載せて持ってきてくれた。桃子は、「私、大好き」と言って食べ始めた。

「無花果は、家のお庭にある無花果の木からさっき取ってきたのよ」

「無花果って八百屋さんに売っているのでしょう。木になっているなんて初めて聞きました。桃子、その木を見たい」

絹子は「皆召し上がったら、大二郎さん、庭をご案内してください」と言った。

大二郎は桃子に「家の庭にはまだいろいろな木があり、この大木は富有柿といって秋になるとたくさんの実がなるんだよ。9月になったら柿捥ぎ大会をするので桃ちゃんも来てね」と言う。大二郎が「桃ちゃん、もう一本無花果の木があってたくさん実がなっているので、どう、自分で捥いでみない?」と絹子から袋をもらい、桃子に渡した。桃子は、面白い面白いと言って無花果を袋に入れ、「お父さんとお母さんに私が木から捥いだと言ったらびっくりするかな」と喜んだ。絹子は、春の花がいろいろ咲いているのを切って大きな花束を作り、桃子は無花果の袋をリュックに入れた。

「大二郎さん、この花束を桃ちゃんのお母様へお渡ししてね。もう時間ですので桃ちゃんを送っていってください」

大二郎は喜んで花束を持ち左手で桃子と手を繋いで、「ハイ、今日は桃ちゃんのお兄さんですよ。送ってあげます」と言いながら歩きだしたので、絹子と洋子は残って「桃ちゃんまた来てね」と手を振った。部屋に戻ると克彦がいて、「軍国少年も桃ちゃんの前ではメロメロだね」と絹子と２人で大笑いした。

　絹子は克彦に「４月は大学を休んでくださらない？　いろいろお願いがあるのよ」と頼んでいた。克彦は「お母さんのお役に立つのなら、大学は４月いっぱい休みますよ」と快く引き受けていた。夕方５時になると道子が帰ってきた。皆で夕食を食べ終え、あとかたづけを絹子としてから、「お母さん、私の部屋に来てよ」と言って、絹子をまた部屋に誘い、一気に報告した。

「お母さん、あの方に金子光晴さんの一人息子の乾さんのことを話したら『金子さんならやりかねないね。４月20日の徴兵検査がうまくいくといいね。それまでやれば大丈夫、逃れられるよ。やっぱし金子光晴は大したものだ。実は僕の父が金子光晴のファンで、帰って話してあげたら喜ぶよ。金子さんの詩集も家にあるので、今度の日曜日にはそれを持っていくね』とおっしゃったわ」

　絹子は「そう、吉祥寺にはいろいろな方が住んでいるのね。でも金子光晴さんはすごい人なんだね」と言ってその日は終わった。

三章　克彦と母

月曜日になった。子供たちは学校へ行き、信介はお勤めに行った。絹子と克彦はお昼を食べていた。

絹子は克彦に、

「吉祥寺には、練馬区との境に7軒の裕福な自作農家があって、どうも皆親戚のようです。それぞれの家には国民学校へ行っている少女がいます。道子さんが小学校1年生の頃、毎年実家の山田呉服店の社長で私の兄の信一郎からお祝いと言って、特注のお振袖一式を送ってきてくれていました。また家でも1着作ってあげたけれど、お正月に1回ぐらい着るだけでお洋服がいいとほとんど着ないの。6年生までにもらった着物が使われずに残っていて、あと洋ちゃんが1年生、2年生の時のなど、ほとんど着てないのが納戸の押入れに20着ぐらい入っているの。だからその農家の本家の方に昨日電話して、今日その1着を持っていくことにしました。国民学校3年生というので、それに合うのと少し大きめのを一式持っていきます。克彦さん、それをリヤカーで引いてください。先方には話がついています。お米1俵と鶏1羽と卵20個と交換してもらいます。私が少々変なことを言っても克彦さんはだまっていてくださいね。商売なのですから」

と言うと、リヤカーに振袖とその付属品一式を大きな風呂敷に包み、その上に花ゴザをかけて見えなくして「では克彦さん、リヤカーを引いてください」と言って出発し、4月の畑道を歩いた。

「克彦さんとお話ししながら歩けるなんてお母さん嬉しいわ」

「このところ僕もお母さんを独占して嬉しいですよ」

そう言っているうちに農家に着いた。絹子は「お約束のものを持ってきました」と3時のお茶を飲んでいるところへ行った。絹子が「今日は長男を連れてまいりました」と言うと、克彦は「いつも母が大変お世話になっています」とお辞儀をした。女の子が「今日は学校を休んで待っていたの、早く見せて」と言うので、絹子はリヤカーの大きな風呂敷の中から、少女用の振袖と付属品一式を出した。一家の人々は、「まあなんて素敵なお振袖でしょう」と感嘆している。奥さんは、「こんな素敵なお振袖を見たのは初めてですよ。やっぱり京橋の山田呉服店さんの最上級のものは違いますね」と言う。皆、「こんなすごく綺麗なのを見たのは初めてだ。着るとお姫様になるよ」と言う。

「実は私の夫は参謀本部の方と知り合いで、今年の末か来年早々に日本は大勝利して戦争は終わると言っていたそうです。そうしたら、そのお着物でお出かけが出来ますよ。戦争が終わっても、このような特注のものは2、3年しなくては手に入りません。その時はすごく高くなっていると思います」

奥さんとご主人は昨日の電話で約束した通りに「米1俵と鶏1羽と卵20個でお願いします」と、リヤカーにそれぞれ載せ、ご主人が「あと野菜は、何でもいっぱい差し上げます」と言うので、絹子は「では、人参、大根、キャベツ5個、玉ネギ、根のついた長ネギ大束をください」と言った。リヤカーいっぱいになった。

その時、「分家の者ですが」と言いながら男性が近づいてきて、「うちにも国民学校2年生の娘がいるので、ここと同じお振袖をお願い致します」と言う。

「克彦さん、この方のお宅の住所とお名前、電話番号をメモしてくださいね。ご主人、今度は水曜日にここに3時に来てください。国民学校2年生ですね、すこし大きめのを持ってまいります。では、失礼します」と言って、帰りを促した。克彦がリヤカーを引き、帰ってきた。克彦は「お母さんはたいしたものですね。やっぱり京橋の山田呉服店の娘だけありますね。商才があるなんてびっくりしました」と驚いていた。当時、女性には参政権がなく、男女差別も目立っていたが、絹子はそれを感じさせないほどたくましく、中谷家を支えていた。

持って帰ってきた俵は廊下の奥に、長ネギの根のあるのを花畑のすみに植え、絹子が鶏肉、野菜、卵を台所の下に収めた。「克彦さん、おやつにしましょう」と、お茶とチョコレートを出して食べ始めた。

「疲れたでしょう、甘いものはこういう時おいしいわね」

「このチョコレートは桃ちゃんが持ってきてくれたものですね。何年ぶりかのチョコレートです。おいしいですね」

「明日のスケジュールを言います。魚屋さんが火曜日の午前中だけ、アジの干物を1人5枚配ります。克彦さんも並んでくれると助かるの。朝食を食べ終えて、皆が出かけたらすぐに行って並びましょう。2回分のおかずになるから、克彦さんが行ってくれると助かるわ」

「お母さんはいろいろなことをして、一家の食料集めをしていたのですね」と克彦が感心する。

「どこの主婦も戦争が始まってから大変なのよ。金曜日には午後からお豆腐屋さんなの。今はこの2つのお店が週1回開いていて、主婦が皆並んで買うのよ。克彦さんが並んでくれると助かるわ。明日から、朝昼晩と白いご飯が食べられるわね。子供たちのお弁当は白いご飯と卵焼きに野菜いため。3人とも喜ぶわ。克彦さんのおかげよ」

「いや、僕はリヤカーを引いただけですよ」

「あなたがいなければ私も思いつきませんでしたよ。昨日の日曜日はお風呂の日だったけれど、桃ちゃんが来たのでできなかったですね。克彦さん、少し休んでからお風呂を沸かしていただけないかしら。沸いたら克彦さんから入って。下着はお風呂の棚に置いておきます。私は克彦さんが朝干してくれた道子さんと洋ちゃんのお布団を取り込み、夕食の仕度に入ります。今日は鶏の唐揚げと野菜いためです。克彦さん、お風呂に入ったら夕飯までお部屋でお昼寝してててね。夕食になったら起こしますから」

夕食になり、今日も唐揚げだと皆喜んだ。

道子は、絹子の手伝いも終わり部屋に帰ると『戦争と平和』にかじりついていたが、「洋ちゃん、明日のお弁当は白いご飯に卵焼きに野菜いためですって」と教えてくれた。

洋子は「おイモでないのね、わあ嬉しい。白いご飯に卵焼き。なんだか、桃ちゃんのお弁当に近づいたわ」と思うと嬉しくなった。


火曜日になった。信介は会社へ、子供たちは学校へ行き、絹子と克彦は戸締りをして魚屋さんへ向かった。魚屋さんの前にはもう行列が出来ていて、2人はその後ろについた。主婦が5列に並びずっと続いている。克彦は「これは壮観ですね」と小さな声で言った。また「5列とは」と小さい声で言った。「売り手が5人いるからよ」と小さい声で絹子が言った。2時間並び、11時にやっと、2人はアジの干物を5枚ずつ買えた。帰り、誰もいないところで克彦が「2時間も並ぶのですか」と言うと、絹子は「主婦たちも食料集めに戦っているのですよ」と言った。家に戻ると克彦は、すぐ絹子のお花畑に水をやりだし、絹子は卵2つをゆでて半分にし、大きな卵入りおむすびを4つ作った。さらに野菜いためを大皿に盛って「克彦さん、お昼にしましょう」と、2人でお昼を食べ始めた。

「今日もいろいろ勉強になりました。主婦が食料難で、こんなに大変な思いをしているとは思いませんでした。お母さんについて歩くと世の中のことが分かり、大学だけ行っていては分からない、日本の状況が少し分かってきました。今日からさっそく白いご飯が3食食べられるのですね」

「昭和16年12月8日を覚えていますね」

「はい、日本がアメリカに宣戦布告したパールハーバーですね」

2人の会話はしばらく続いた。

絹子は次の日、克彦に1枚の紙を渡した。

「パールハーバーへの攻撃が行われた数日後に京橋の兄から手紙が来たの。中に茅場町にある貴金属店の地図が入っていて、『今、日本は日本の何十倍もあるアメリカと戦争に入った。何年かして負けるだろう。そうしたら大変なインフレになるだろうからこの店で金を買っておくように』と言うの。小金井の妹のところにも同じ手紙が来たと電話があり、貯金の半分をおろし、妹と毎日その貴金属店に行って、1個2kgの金を買ったのよ。当時は1kg10円だったので、25回行き50本買ったの。2階の大きな金庫にその50本が入っています。開け方はお父さんと私が知っていますが、お父さんは金が入っていることは知りません。克彦さん、長男のあなたに開け方を書いた紙を渡しておきますから」

「京橋の伯父さんもお母さんもすごいですね」

克彦はびっくりしていた。

「1kg10円で買った金が、今65円になったと兄から手紙がありました。私はね、うちの子供は女の子も男の子も皆大学までやりたいのよ。そして、それぞれ好きな専門職を持たせたいの。私は女学校までだったけれど、これからは女性も自立した仕事を持ち、結婚する時代になってほしいと願っているの」

「お母さんはヨーロッパの女性のようですね。僕も同感です。今まで知らないことをいろいろ教えてくれてありがとうございます。さて、これから掃除をします。廊下、僕の部屋、玄関のいろいろとトイレなど、またこの8畳も綺麗にします」

「私は昨日の洗濯物が溜まっていますので、洗濯をして夕飯の仕度をします。今日のおかずはアジの干物にしましょう。克彦さん、お掃除が終わったらお昼寝してね」

そうこうしているうちに皆が帰宅して夕食になった。

学校から帰ってきた大二郎と洋子は、「お母さん、今日のお弁当はとてもおいしかったよ」と喜んでいた。

夕食が終わり絹子の手伝いも終わった道子は部屋に戻ってきて、洋子に「お弁当おいしかったでしょ。当分続くようよ。お母さんは商売の腕がいいって、克彦兄さんが言っていたわ」と言うと、分厚いのでなかなか読み切れないと独り言を言いながら『戦争と平和』を読み始めた。

水曜日になった。朝食が終わり、皆、会社や学校へ行ってしまった。天気のいい日だった。克彦は絹子から、両親の布団を物干しに干し、お花畑への水やりと廊下掃除を頼まれた。絹子は、お昼にガンモの煮物が入った大きなおにぎりと野菜いためを作り、2人でお昼を食べた。絹子は「克彦さん、またリヤカーをお願いしますよ」と言う。食休みして、克彦は着物と付属品一式が入った風呂敷を載せて農家さんへと歩きだした。

農家さんへ行くと、分家の家の男性が待っていた。その男性の家へ行くと、国民学校2年生の少女が「学校を休んで待っていたの、お姫様の振袖はどれ？」とはしゃいで出てきた。

絹子が前の家で言ったように、そこの奥様にも「今が買い得ですよ」と言っている。奥さんは夫に、「前の家と同じものを用意して」と言う。言われた分家の男は、リヤカーに米1俵と鶏1羽をさばいて、卵20個を載せた。野菜は人参、大根、キャベツ、玉ネギ、根のある長ネギの大束を載せると、リヤカーがいっぱいになった。その時「隣の者だが、うちにも国民学校3年生の女の子がいるので、お願い出来ますか？」と別の人が聞いてきた。絹子は「克彦さん、お名前と電話番号をお聞きして」と指示を出し「そうですね、来週の月曜日3時に、ここのお宅で待っていてください。素敵なお振袖を持ってきますよ。お嬢様に合うと思います」と約束をした。

別れてリヤカーで家に帰ってきた。「お米は縁側の下に入れておけば1年は持ちますよ」と言いながら、2人で縁側に入れた。克彦は根のある長ネギをスコップで植え、絹子は鶏と卵、野菜を台所の床下に収めた。「克彦さん、おやつにしましょう」と言って、絹子はお茶とチョコレートを持ってきた。

「お母さんの読みは大したものですね。次々に売れますよ。この分では7軒全部に売れそうですね」

克彦が嬉しそうに話した。

「ああいう集落は全部親戚関係にあるし、それに自作農家もあるから裕福なのよ。だからお米1俵など何でもないわけなの。皆は知り合いなので、あっちの家が買えば、自分も負けていられないとなるわけ。それに、親としては末娘が可愛くてしょうがないからね。おそらく皆買うでしょう」

「お母さんにあっては、農家の人たちもかないませんね」

「ところで克彦さん、明日の木曜日、私につき合ってくださらない？」

「お母さんと一緒ならまた面白いところでしょう」

「当たり。私何年も忙しくて、映画を見ていないのです。今、阪東妻三郎の『無法松の一生』がやっているのよ。たまにはそういったものも見てみたいの。あなたも人びとがどういうものを見たがっているか、見ておいた方がよいわよ。チョコレートを舐めながら見るのよ」

と嬉しそうに言う。

「何か面白そうですね。明日、朝食がすんで、皆が出ていったら、すぐ2人で行きましょう」

「皆には内緒よ」

「ますます面白くなりましたね」

2人は楽しそうに話し、その日は何事もなく終わった。

木曜日。朝食が終わり皆が出ていったあと、すぐに2人で出かけた。

映画館は日曜日でもないのにいっぱいだ。絹子は「皆娯楽に飢えているのよ。戦争の話ばかりではね」と言う。中に入ったらラムネを2本買い、チョコレートを舐めながらラムネを飲んで阪妻を見ていると、戦争をしていることも忘れて、2人は童心に帰ったようになった。

3時間夢の中にいて、映画は昼の12時に終わった。ラムネは外では売っていないので、絹子は30本買った。

「面白かったですね。こんなに混んでいるとは思いませんでしたよ。そのラムネ、洋ちゃんや大二郎にでしょう」

「まあね。でも、よそでいただいたと言ってね」

「お母さんはいつも子供たちのことを考えているのですね。この頃よく分かりました」

2人は家に着いた。克彦はすぐお花に水やりをした。絹子が「お昼にしましょう」と声かけして、2人はおにぎりを食べた。

「お母さんは幅が広いのですね。『金』など難しいことを言ったり、商魂たくましかったり」

「金は、ただ京橋の兄の言う通りにしただけよ。お父さんは京橋の兄が嫌いなの。兄のことは一切言わないわよ。そして、農家へ行って着物とお米を交換していることもお父さんには言いませんし、映画に行ったことも言いませんよ。夫婦など、相手が嫌なことは言わないものですよ。お父さんも家では無口で愛想のない人ですが、外へ行ったらどうか分かりませんよ。外ではあたりのよい人かもしれませんが、それでもいいのですよ。ちゃんと、月給袋はそのまま、私に渡してくれるのですから。それが信頼しているということなのでしょうね」

克彦は「それは知りませんでした。ますます、いろいろなことが勉強になりました」と感心していた。

「明日は金曜日ね。お豆腐屋さんは午後からで、お昼を食べてからでも十分ですので、よろしくお願いします。克彦さんがよく働いてくれるので家はピカピカに綺麗になり、お布団も干してくれるので、気持よく寝れるようになりました。今度の日曜日は道子さんはいませんが、大二郎さんと洋ちゃんと3人で、深大寺へお蕎麦でも食べに行ったらどうですか」

「大二郎と洋ちゃんは喜びますよ。そうですね、僕は深大寺のあの辺は大好きで、お蕎麦屋さんもまだやっているとのこと。では行ってきますよ」

「私も行きたいですが、日曜日はお父さんを残して行けませんからね」

「なんなら僕から、お父さんもお母さんも皆で行きたいと言ってみますよ。たまには一家で行きたいですからね」

克彦がそう言うと、

「それはいいわね。案外お父さんもまんざらでもないかもしれませんからね。お願いします」と絹子も嬉しそうだ。


金曜日が来た。お天気なので、朝食が終わると絹子はたくさんしておいた洗濯物を干し、克彦がお花に水やりをしながら「この頃はお天気が続きますね」などと言っている。絹子はお昼の支度をした。克彦もひと息ついて、お昼のおにぎりを食べた。

「先週から毎日白いご飯になったので、子供たちは大喜びのようね。洋ちゃんなど、だんだん桃ちゃんに近づいて嬉しいと言っているのですよ」

「桃ちゃんに近づいたとは？」

「桃ちゃんのお家は社宅で、売店には戦前と同じように何でも売っているのです。だから桃ちゃんのお母さんは、桃ちゃんの好きそうなお弁当を毎日作って持たせているの。だからこんなご時世でもずっと毎日、白いご飯に子供の好きそうな卵焼きにウインナーに野菜とかおいしいお弁当を毎日食べているのよ。昨年あたりから、どこの家でも子供のお弁当はサツマイモかジャガイモになったでしょ。家もずっとそうですよね。まわりの男の子たちもサツマイモなのに、なぜ桃ちゃんだけが、白いご飯かと話し合ったらしいの。桃ちゃんは、ああいう性格だからまわりをあまり見ないで堂々と食べ、ああおいしかったと言ってお茶を飲むんですって。そこで男の子たちは『きっと軍人の家の子だろう。偉い軍人には特別配給があるので、少佐か大尉の娘だろう』ということになって、桃ちゃんは皆から大尉の娘と呼ばれているのですって。本人は知らないそうだけど、桃ちゃんを苛めると部下が怒りに来るからと、誰も桃ちゃんを苛めないんですって」

それを聞いた克彦は、「子供の世界も大変なんですね。お母さんはいろいろなことを知っているのですね」と驚いていた。

絹子は「そろそろお豆腐屋さんに行きましょう」と克彦を促した。お豆腐屋さんに並んだ克彦風に言えば、ここも壮観に主婦たちが並んでいる。やはり2時間ぐらい並び、1人でガンモ5つ、生アゲ5枚、お豆腐5丁を買えた。絹子は「ほんとうに克彦さんがいてくれると助かるわ」と言って家へ帰ってきた。

「克彦さん、お疲れになったでしょう。レコードをかけてお茶でも飲みましょう。どう、しばらくつき合ってくれたから、私の生活が大体分かったでしょう」

「イヤイヤ、まだほんの少ししか分かりませんよ。ただ、母親って大変なんだということは少し分かりましたが」

「明日の土曜日はお花の手入れをするのよ。今4月でしょ。夏に咲く花の種を蒔いたり、球根を植えたり、薔薇に肥料をあげたり、お花を育てるのが私の趣味なんです。お花と接していると嫌なことは皆飛んでいってしまうのですよ。それと深大寺行きの件、今夜あたりお父さんに上手に言って皆行けるようにしてね。道子さんは学校で慰問袋を作るので行けないと言ってね。あなたが言えば、お父さんもきっとその気になるわ」

土曜日になった。朝食が終わりあとかたづけをすると、絹子は大きな袋を3つ持って、克彦が水をまいているところに来た。

「昨夜はうまくいったようですね」

「オヤジ、張り切って写真機を持っていくと言っていましたよ。大二郎も洋ちゃんも喜んでいました」

「そうね、たまには、父親らしいこともしてみたいでしょうから。でもよかったわ」

克彦が「僕にお手伝い出来ることはありますか」と言うので、絹子は「では、大きなバケツに水を入れてきてください」と頼んだ。

「お花って、ちょっと子育てに似ています。手入れがよければ綺麗な花を咲かせてくれるのよ」

「お母さんは何の花がお好きですか」と克彦が聞くと、「何といっても薔薇よ。薔薇は5月に咲くでしょう。今日はその手入れと肥料を少しあげたいと思っているのですよ。それに、夏に咲く花の種や球根を植えなくてはと思ってね。克彦さんが毎日水をあげてくださるので、どの花も生き生きしています。ありがとう。お昼近くなったので、ひと休みしましょう」と浮き浮きした声で答えていた。

絹子はお昼の支度をし、克彦はレコードを聞いている。絹子は、お昼を食べながら薔薇の花がどんなに素晴らしいかを話した。

日曜日になった。朝食が終わると道子はいそいそと出かけていった。信介は、今日は張り切っている。一昨夜克彦の話を聞いてから写真機の調子を気にしていたが、調子がいいようだ。皆支度して、玄関を出た。信介と克彦は何か話しながら先頭に立っている。大二郎と絹子が洋子と手を繋ぎ、洋子は絹子に甘えて嬉しそうである。

吉祥寺の南側から出る深大寺行きのバスがちょうど来たので、5人は乗り込んだ。日曜日のせいかチラホラ乗客が乗ってきた。

出発時刻となり、バスが走りだした。洋子はめったにバスや電車に乗ったことがないので、バスに乗っただけでも嬉しかった。今日は一家でお出かけだ。何年ぶりのことだろう。皆何か浮き浮きしている。そのうちバスは深大寺前に着いた。信介を先頭に皆で降りた。信介は「今10時30分なので、まず深大寺に必勝祈願をしよう」と言うと、深大寺の鈴をジャラジャラ鳴らし万歳三唱をした。信介は「この辺は武蔵野台地といって水はけが多く、あちらこちらに清水が湧いているんだ。この池も湧き水だよ」とお寺の池を指差した。

「この深大寺は、関東地方では浅草の浅草寺に次ぐ古いお寺でね。そしてこの木は『なんじゃもんじゃ』という珍しい木なんだよ」

大二郎は「お父さん、面白い木ですね」と言い、洋子は「お父さん、初めて見ました」と言うので、信介は満足そうな顔をした。信介は、この木の前で並んで写真を撮ろうと言って、家族の写真を撮った。お寺も撮っておくかと写真を撮っている。「克彦も大二郎も洋子も、水車を見たことがないだろうから、連れて行ってあげよう」と案内を始めた。皆、信介のあとをぞろぞろついて行った。

綺麗な小川が流れているところに着くと、コットンコットンと音を立てて、木で出来た車が回っている。信介が「これが水車だ」と言う。克彦が、「この車は何をしているのですか」と信介に聞くと、「蕎麦の実を入れて蕎麦の粉にしているんだ。そしてその蕎麦粉で、お蕎麦屋さんが、おいしいお蕎麦を作ってくれるんだよ」と言った。大二郎が「ここのお蕎麦屋さんが有名なのは、つきたての蕎麦粉で作っているからですね。

やっと分かった」と大きな声で言ったので、皆で笑った。ここでまた、皆で写真を撮ってもらった。

少し行くと池があり、岩の前に亀がたくさんいた。それを見て、信介が「あれが亀の甲羅干というのだよ」と言ったら、克彦が「お父さんは何でもご存じなのですね」と返した。信介は「この亀さんも写真に撮っておこうか」とパチパチ2、3枚撮った。信介は「今日はよく歩いたのでお腹がすいただろうから、そろそろお蕎麦屋さんに入ろうか。お母さん、どこのお店がおいしいかな」と絹子に尋ねた。

お寺の前には両側にお蕎麦屋さんが並んでいる。絹子が「このお店ですよ」と言うので、5人はぞろぞろ入った。信介は「お代わりしたい人はお代わりしてもいいよ」と言った。絹子が「ここは天麩羅蕎麦がおいしいですよ」と言うので、皆天麩羅蕎麦にした。洋子は1杯でお腹がいっぱいになった。大二郎は、「ここの天麩羅蕎麦はおいしいね。もう1杯」と大きな声で注文した。

信介と克彦もだまって2杯目を食べていた。洋子が、「お母さんはもう1杯おかわりしないの?」と言ったら、絹子は「もういっぱいよ」と笑った。次から次へとお客さんが入ってくる。絹子は「ここはおいしいのでお客さんが多いのよ」と言った。そのうちに3人が2杯目を食べ終わって、大二郎が「ここのお店はおいしいね」と言いながら立ち上がったので、皆で外へ出た。絹子は皆のお金を払って出てきた。信介が、このお店の前でも写すかと言ったので、大二郎は「僕、昨夜お父さんに習ったでしょう。お父さんは皆と立ってください。僕が写します」と言いながら、信介と交代して皆を写した。

絹子が「あそこに何か出ているから見てきます」と言って先を急いだ。「ありました、ありました」と言うので皆で行ってみると、団子屋さんが団子を焼いている。皆口々に「珍しいね」と言う。大二郎が「お父さん、写してもいいですか」と聞くなり団子屋さんをパチリと撮った。絹子は団子屋さんに「お団子30本、他に10本包んでくださ い」と言い、「毎日出ていらっしゃるのですか」と尋ねると、「いや、日曜日だけです。日曜日になると大勢いらっしゃるのですよ。夕べから女房と、5千本作って持ってきて焼いているのですが、日曜日は半日で売り切れですよ」と笑っている。

「近頃、東京の方から電車に乗って吉祥寺まで来て、そこからバスで来る人が増えましてね。何しろこのご時世で、日劇や歌舞伎も何にもやっていませんので」

絹子はそうですねと言って、皆もそういうものかとうなずいた。信介が、では帰るとするかと言うのでバス停に行くと、吉祥寺から来て折り返して、吉祥寺へ向かうバスが満員でやってきた。全員が降りてから5人は乗り、吉祥寺に向かった。克彦が「東京から電車で来ると今頃になりますね」と言うので、皆もそう思った。でも大二郎が「深大寺ってとてもいいよ」などと言っているうちに、吉祥寺に着いた。信介が「カメラ屋さんに寄って帰るから、皆は先に帰っておいて」と言うので、皆先に家に帰ってきた。絹子は冷やしておいたラムネ5本とお団子30本の包みを持ってきた。「道子さんの分はとっておいてくださいね」と克彦に言うと、「ちょっとお隣さんにご挨拶に行ってきます」と出て行った。

絹子は、お団子10本とラムネ4本を持ち、庭のお花畑いっぱいに咲く4月の花々をたくさん切って花束にし、お隣の大田家の奥さんに会いに行った。ベルを押すと奥さんが出た。

「隣に住んでいる中谷絹子と申します。いつも大二郎と洋子が、日曜日になりますとお宅のお庭で純さんと美知子さんと遊んでいただいているものです。今日、一家で深大寺へ行きましたらお団子が売っていましたので、召し上がっていただきたいと思い、持ってきました」

「お団子とは珍しいものを。子供たちが喜びます。それに、2人とも大二郎さんと洋子さんに遊び方を教わって楽しみにしておりまして、こちらこそありがとうございます。ご挨拶が遅れてしまいましたが、私は大田麗子と申します。今後ともよろしくお願い致します」

「この花、私が育てたものですので、どうぞ」

「まあ、こんな美しい花々、絹子さんが作られたのですか。素晴らしいですね」

「ご主人は今日はご在宅ですか」

「主人は慶応病院に勤めている内科医で、昔は日曜日は休みだったのですが、病院の若い医師は皆赤紙が来て、軍医になり出征してしまいましたから、日曜日も出勤なんです。でも帰りは定時なので、夕食は一緒に食べられます」

「それは大変ですね。お帰りになりましたら、どうぞよろしくお伝えくださいませ」

そう言って絹子は帰ってきた。

部屋にはレコードを聞きお団子を食べている４人がいた。絹子は信介に「ちょっとお隣にお団子を持ってご挨拶に行ってきましたところ、お隣のご主人は慶応病院の内科のお医者様なんですって。今日は、日曜日でもご出勤で大変お忙しいようです」と報告していた。

克彦は、「お医者様も人が足りなくて大変ですね」と言った。信介は、「隣の旦那が医者とは知らなかった」と言った。克彦が「今日のお父さんは深大寺のことなど、すごく博学でびっくりしました」と言うと、イヤと言って信介は２階に行ってしまった。絹子は「嬉しかったのですよ、いいことを言ってくださいました。克彦さんもお疲れになったでしょう」と労っている。

「いいえ、今日はとても楽しかったです。お花に水をやってきます」と言って克彦は庭に出て行った。

大二郎と洋子はお隣に遊びに行っている。

夕方５時頃、道子がニコニコと何か大きな包みを持って帰ってきた。押入れにその包みを入れて絹子と夕食の支度をし、皆が食べ終わるとそのあとかたづけをしてから、自分の部屋に絹子を呼んだ。

「あの方が、金子さんの『こがね蟲』と『鮫』という詩集をくださったの。そしてお母様からと言ってこんな素敵な『カメオ』と大粒の真珠のネックレスをくださったの」

絹子は「まあ、立派でお高いものばかりね」とびっくりしている。

「あの方のお母様に会いましたの。お母様は『戦争が終わったらお宅へご挨拶にまいります。どうぞお母様によろしく』とおっしゃっていました。今は皆に黙っていてね」

と、幸せの絶頂にいるようだった。「洋ちゃんも黙っているのよ」と言われ、大丈夫と言うと頭を撫でてくれた。


次の日の月曜日。お昼を食べながら、絹子は克彦に「道子さんはどういうつもりなんでしょう。道子さんは世間知らずなのに」と不満を漏らしていた。「ただ嬉しくて舞い上がっているだけなんだろうけれど、何だか心配になってしまって」とこぼしている。

克彦は、しばらく考えて呟いた。

「早坂くんはやっぱり立派過ぎることをやるのかな」

「立派過ぎるって、どういうこと」

「僕にはその辺はよく分かりませんが、でもお母さんがついていれば道子は大丈夫だと思います」

　克彦が絹子を安心させるように言った。

　絹子はそうかねと言って、その話は終わった。

「さて今日は、農家さんへ行きましょう。火曜日は魚屋さん、水曜日は農家さん。木曜日ですが、2人で高尾山に行きませんか」

「いいですね」


　木曜日が来た。信介と子供たちが出かけると、絹子が克彦に言った。

「克彦さん、お弁当2つ作っておきましたから、リュックに入れてください。私もリュックを持っていきます」

　克彦は、「お母さん、今日はいいお天気ですね。きっと山頂からいろいろよく見えますよ」と駅までの道すがら、絹子に話しかけている。

駅で絹子は、高尾山まででしたねと切符を2枚買った。ホームに入ってきた電車はガラ空きだ。克彦が、「東京行きと反対なので、すいていていいですね」と言っている間に高尾山に着いた。ケーブルカーに乗り高尾山の中腹に着いた。絹子は「木の芽が出て綺麗ね。自然は気持ちがよくていいわね」と言って歩いて行くと、茶店のような店に着いた。外はまわりを見ながら食べられるように出来ていた。

「ちょっと早いけどお弁当でも食べますか。あら、クリームソーダがあるんですって。今時、珍しいわね。私飲みたいわ。克彦さんあなたはどうする」

「ほんとうに今時よくありましたね。ここに座って頂戴しますか」

絹子がクリームソーダを2つと言ったら女の人が持ってきた。

「よくクリームソーダがありますね」

「まだここ高尾には、いろいろなものを売っているのですよ。例えば、高尾最中とか高尾地酒とか、高尾ベッタラ漬けなどもありますよ」

「あら、よくいろいろなものがありますね」

「今日は木曜日なのでお客さんが少ないですが、日曜日など大変ですよ。日曜日は何でも行列で制限がありますが、今日はいくらでも買えますよ」

「でも日曜日はそんなに混むのですか」

「東京では何にも売っていないので、高尾へ来れば何か売っていると評判になり、皆さんいらっしゃるのですよ」

克彦は、「山登りでなく、まるで買いだしですね」と笑った。

絹子は「おいしかったのでクリームソーダをもう2つお願いします」と注文した。女の人は「今日は制限がありませんので、ご緩りと」とクリームソーダを持ってきた。飲み終えて店を出ると、克彦は、「お母さん、木曜日でよかったですね」とゆっくり歩きだした。高尾最中の店の前で絹子の足は止まり、「こんなお菓子よくあったわね。子供たちが食べたいでしょうね」と言いながら、絹子は店の人に幾つでもいいのですよねと念をおし、100個くださいと言って、リュックいっぱいに買った。

「お母さんはきっと買うと思った」

「大二郎さんや洋ちゃんが喜ぶ顔が浮かんでね」

「相変わらず子供のことばかり考えて」

と、また克彦が笑った。少し登ると、今度は高尾地酒のお店があった。「克彦さん、この地酒大瓶ね」と絹子が言うので「誰かの顔が浮かんだのですね。買いましょう」と克彦は言った。絹子は「1本でいいですよ。重そうですもの」とはにかむ。克彦は「それでは1本」と注文して、また2人で登って行くと、高尾ベッタラ漬けが売っていた。

「これ道子さんが好きなのよ」

「僕も好きです。3本ぐらい買いますか」

「それでは買いましょう」と、リュックが丁度いっぱいになった。

「とうとう買いだし部隊になりましたね」

「いつも食べものを買いに行く癖がついてしまって」

「まあお母さん、よかったですよ。楽しみと買いものの両方が出来て。お母さん、ここが山頂ですよ。リュックを置いてください。4月では富士山は無理ですが、奥多摩の山々が見えますよ。気持ちがいいですね」

絹子も「ほんとうに、日頃のことを忘れ、すっきりしますね」と寛いでいた。

「やっぱり山頂に来てよかったです」と2人でベンチに座り、ずっと山々を見ていた。

「お母さん、ほんとうにありがとうございました。4月は僕がお母さんを独占出来て、高尾山に来る計画まで立ててくださって」

「1人では来られないので、克彦さんとなら安心して来られると思ってね。私も楽しい思いをさせていただきました」

帰りの電車の中で、絹子がある提案をした。

「克彦さん。来週の木曜日、京橋の兄のところへその高尾地酒を持っていきましょう。1週間前に電話すればお鮨を取って待っていると言っていたので、帰ったらすぐ電話するわ」

「お母さんは次々アイデアが浮かぶのですね。あの店で地酒を見た時、伯父さんの顔が浮かんだのでしょう」と言うので、2人で笑ってしまった。

吉祥寺に着き家に帰ると、絹子はすぐ電話で「来週の木曜日、克彦とお伺いします」と京橋の兄へ電話した。信一郎は「お鮨を取って待っている。そして車で11時に有楽町まで迎えに行く」とのことであった。絹子は「克彦さん、伯父さんがお鮨を取って待っているそうよ。それに、有楽町まで車でお迎えに来るそうよ」と伝えた。絹子は買ってきた最中をしまい、ベッタラ漬けを台所の地下に入れ、地酒も地下に入れた。「来週の木曜日が楽しみですね、克彦さん。喉が渇いたのでおやつにしましょう」と、お茶と高尾最中をお皿に盛り2人で食べた。克彦も「お母さん、この高尾最中おいしいですね」と満足そうだ。絹子は子供たちに先にと思ったのに、大人が先に味見とご機嫌である。克彦は「伯父さんにお会いするのは3年ぶりかな」と言うと、絹子は「私もよ。電話ではよく話をするのですが、直接会うのは3年ぶりぐらいだわ」と嬉しそうに言った。

金曜日はお豆腐屋さんに2人で並び、土曜日はお花畑の手入れを2人でして、日曜日が来た。道子はいそいそと出て行った。朝食後、今日はお天気なので、道子たちの布団を克彦が干し、お花畑に水をやってくれていた。お昼を食べると信介は2階へ行った。絹子は、「克彦さん、すみませんがお風呂を沸かしてください。沸いたらお父さん、克彦さんと次々に入ってください」と言って、お花畑の春の花を大束にし、高尾最中を10個袋に入れてお隣の奥さんのところへ行き、「この最中いただきものですがお子様にどうぞ。この花は奥様に」と差し上げた。麗子が「いつもいただくばかりで申し訳ありません」と言うと、絹子は「いいえ、今も大二郎と洋子がお宅の広いお庭で遊ばせていただいていますので」と言って帰ってきた。

絹子は、レコードをかけ、のんびりとした。5時になると道子が浮かぬ顔で帰ってきたので、絹子は道子の部屋に行った。道子は「お母さん」と言って泣きだした。絹子が「どうしたの」と聞くと「あの方がこれ」と言ってダイヤのついた婚約指輪を見せた。「これをくださり、これから当分会えなくなるが、落ちついたら電話するとおっしゃったの。どうしたのかしら」

「今戦争をしているので、急に何か会えない事情が出来たのかもしれません。子供ではないのですからそんなに心配しないの。時々電話をかけてくださるとおっしゃっているのですよ。少し様子を見ましょう」

絹子は道子を抱いて「大丈夫、大丈夫」と言ってあげた。道子は「そうね、そのうちに電話が来るわね」と涙をぬぐった。

「あなたはまだ若いので分からないでしょうが、人生は山あり谷ありなのでしっかりしていきましょう。大丈夫よ、そのくらい。はい、元気になって。私がついてますから」

「ありがとうお母さん。では夕食のお手伝いをします」と、2人は夕食の支度を始めた。絹子が「夕食のおかずは、具だくさんのジャンボ茶碗蒸しですよ」と言い夕食になり、信介も「近頃は、白いご飯に茶碗蒸しとは、夕食がよくなったなあ。これも戦争に勝っているからだろう」と呑気なことを言っている。

月曜日になった。絹子は克彦と昼食を食べながら、「道子さんに、早坂さんがもう会えないとダイヤの入った婚約指輪をくださって言ったのですって。そして戦争が終わったら迎えに来ると、そして時々電話すると言ったようです。あなた、早坂さんの住所を教えてください」と言った。

克彦は住所を書いた紙を絹子に渡した。その日は農家に振袖を持っていくことになっていた。米1俵と鶏と卵20個と野菜をたくさんリヤカーに積んで帰る時に、絹子が克彦に、「早坂さんはどうなったのでしょうか」と尋ねた。「僕より立派なことをするのかは今は分かりませんが、早坂くんは人間として素晴らしい男です。道子にはお母さんがついていますので大丈夫ですよ」と安心させた。絹子は「そうね」とうなずいた。

火曜日は魚屋さんに2人で並んだ。

水曜日はリヤカーを引いてまた農家に行き、振袖一式でいつも通りの食料と交換すると、克彦がリヤカーに積んで帰ってきた。

木曜日。早いものだ。皆が会社や学校へ行ってから、絹子は早咲きの薔薇の花束を作り、克彦は高尾地酒1本をリュックに入れて、絹子と2人吉祥寺の駅に来た。9時30分である。東京行はすいていた。

克彦は「こういう地酒を持っていったら、伯父さんの口コミで呑んべえは皆高尾山へ行き、高尾山はますます混みますね」と面白そうに笑った。

「でも、あの山は面白かったですね」と絹子も笑った。

有楽町には10時30分には着いてしまった。

「ここが日劇ですね。今は休みなのでしょう」

「お母さん、それどころでなく、ここで風船爆弾を作っているという噂ですよ」

「風船爆弾って何ですか?」

「大きな風船に爆弾を積んでアメリカまで飛ばすらしいですよ」

「克彦さん、地球儀を見たことありますか」

「見ましたよ。伯父さんのところにあるのでしょう」

「そんなものアメリカまで行きますかね」

「さあどうですか」

そうこうしていると、信一郎が運転している車がやってきた。信一郎は背広を着ている。2人を乗せると京橋のお店の裏庭に着いた。もう1台の車が停まっているのを見て、信一郎は「長男も帰ってきたな」と言った。

車から降りると「2階に用意してあるから」と言って階段を上り、案内してくれた。部屋は20畳ぐらいの応接室である。大きな床の間にはピカソの絵がかかり、右手の壁はルノワールの『少女』がかかっていて、左手にはモネの『睡蓮の池』がかかっていた。なかなかモダンな応接室である。

信一郎夫妻が座ると、絹子が「お義姉さんはお花がお好きなので、私が作った薔薇を持ってまいりました」と差し上げた。義姉が「絹子さんは、このように素晴らしい薔薇をお作りになるのですか。ああいい香り、ありがとうございます」と言っている時、女中の林さんがお茶と和菓子を持ってきた。義姉は林さんに「この薔薇を大きな花瓶に入れて持ってきてください」と薔薇を渡した。

克彦は「伯父さん、先日母と高尾山に行ってきましたが、こんな地酒を売っていましたので、持ってきました」と差し出すと、信一郎は「ほんとだ、高尾山と書いてあるね」と言う。

「伯父さんはこれはお飲みにならないと思いますが、日曜日になりますと呑んべえがこれを買いにやってくるそうです。日曜日には制限があるようですが、普通の日には何本も買えるそうです。今時、アルコールはどこでも売っていませんので」

「面白い話だねえ。あと売っているものはなかったですか」

「あとは高尾最中。これを見ると、母は子供たちのおやつにと100個も買い、リュックに入れていました。あと高尾ベッタラ漬けを見て道子が好きだからと、自分のリュックはいっぱいになったけれど、僕のリュックにはまだ入りそうだとベッタラ漬けを3本も買って入れ、まるで買いだしに行ったようでしたよ」

「面白いね」と信一郎も笑いだした。その時、林さんが大きな花瓶に薔薇を生けて持ってきて、「奥様どこに置きましょうか」と聞いたので、義姉は「床の間に」と指示した。「まあ立派なこと」と義姉が感嘆していると、信一郎は林さんに「12時になるとお鮨が来ます。ここに4人前、そして長男のところには3人前、そして林さんの分も取ってありますので、長男の部屋で食べてください」と伝えていた。林さんは「私まで勿体ない」と言うが、信一郎は「あなただって家族なんだから。よろしくお願いしますね」と言った。

「ところで克彦くん、3年見ない間にすっかり大人になってしまったが、大学生になったんだよね」

「はい、早稲田の2年生です」

「どうりで大人になったと思った。僕には孫がいるんだよ。いつもその辺でチョロチョロ遊んでいたのが、この4月から国民学校の1年生で永田町の学校へ行くというでしょ。おじいさんになるはずだよ。その孫の純一というのが、ランドセルが歩いているみたいで方向音痴でどこへ行ってしまうか分からないんだよ。午前中だけだというので、嫁が車で送り迎えをしているんだ。若い人は、どんどん大きくなるね。それでは、お鮨が来たらワインでも飲んで楽しいお話でもしようか。ところで大学の方はどうだい？」

「大学といっても学生がほとんど来ていませんし、教授も来てない人がほとんどです」

「とうとう日本もそこまでになったか」と言いながら、信一郎には妹の胸中が分かったように思えた。

いつ赤紙が来るかもしれない。息子に少しでもいいからいい思い出を作ってやろうと、妹は精一杯の思い出作りをしているんだと思うと込み上げてくるものがあった。だが今日は楽しくやらなくてはと思っていたところに林さんが、お鮨が来たと告げに来た。

「克彦くん、お鮨をつまみにワインを飲もう。林さん、ワインとグラス４つね。克彦くんとワインを飲めるなんて楽しみだよ」

「絹子、今日は大いに飲み楽しもう」と克彦と絹子にワインをつぎ、４人で乾杯した。

「初めてワインを飲みましたがおいしいですね」

「それはよかった。どんどん飲んでください。何本でもあるから」

「お鮨をつまみながらワインを飲むなんて最高ですね」

日頃無口の克彦がだんだん饒舌になった。

「うちの母は伯父さんに似て、とても商才があるんですよ。少女のお振袖がお米1俵と鶏1羽、卵20個と野菜になった」と絹子の農家でのやり取りを話したら、信一郎も「夫が大本営の偉い人と昵懇などとよくうまいことを言って」と大笑いした。

「どうせ来年あたりには戦争は終わっているると思ったからですよ。勝っても負けても来年あたりは、戦争は終わるでしょう、お兄さん」

「まあそうなるかね」と信一郎はにごした。克彦はどう思っているのかと考えると、信一郎は戦争の話はしたくなかった。克彦が「母と何年ぶりかで映画を見ました。それが阪東妻三郎の『無法松の一生』という映画でした。母は阪東妻三郎はいい男ですねと、うっとりした声で言うのですよ。母はああいう男性が好みだったのですかね」と言ったら4人が大笑いした。絹子は「俳優としてですよ。この人は映画をあまり見たことがないので、その辺まだ子供ですよ」とまた大笑いした。

「このあいだは母と僕とで父を唆し、一家で深大寺へ行きお蕎麦を食べてきたのですが、母は父に『お父さんはカメラの撮り方がお上手ですので』と煽り、父はその気になってカメラを持っていろいろと撮ってくれたのですよ。その時の父はいい気持ちで、深大寺の由来などを話して学のあるところを私たちに見せていました。深大寺でお蕎麦だけでなくお団子も売っていたので、母はたくさんお団子を買ってきて団子10本と母の作ったお花を持ってお隣へ行ったんです。そして、そこの家のご主人が慶応病院のドクターであることまでつきとめました。慶応病院も若いドクターは赤紙が来て軍医となって戦場へ行ってしまい、医者不足で日曜日も出勤しているらしいですよ。お隣が医者とは心強いと、ちゃんと母のことですから何かの時にお願いしたいと思っているに違いありません」

絹子は、「まるで私が策士みたいではありませんか」と言うので、また皆笑った。

「ワインのせいですかね。いつも無口で何を考えているか分からない人ですが、今日はよく喋ること」

信一郎は「それはよいことだ。さあもう1杯」とワインをついだ。

絹子は「吉祥寺では変わった話があるのですよ。金子光晴という詩人が住んでいるのをご存じですか」と聞いた。

「とてもユニークな詩人とは聞いているよ」

「これはここだけの話ですが、道子さんの友人が金子さんのお屋敷のそばに住んでいて、3月の雨の日に金子さんのお屋敷の塀のそばを通ると若い男性の咳き込む声がして、晴れた日に通ると松葉を燻す匂いがしたそうです。若い男性がすごい咳をするので、近所の人々の間では金子さんの一人息子の乾さんが何かしているのではないかと話題になり、金子さんが歩いていた時に近所の人が、『この頃ご子息はお見かけしませんが、どうかなさったのですか』と聞いたらしいの。そうしたら『息子は小さい頃から小児喘息でしたが、また悪くなり医師から薬をもらって飲んでいます。ですが、悪くなる一方で困っています』と言ったんですって。だけどあの人はよく惚けるので、何をしているかは分かったものではないという噂が立っているのですよ」

「あの人ならするかもしれないね」

「何でも4月20日に徴兵検査があるそうですから、分かりしだいお手紙でお知らせしますよ」

信一郎は「あの金子さんは日本人ばなれしているから。世界一周を5回ぐらいしているという話だよ。日本を外から見る目を持っているからね。国土が日本の何十倍もある中国と戦い、また日本の何十倍もあるアメリカと戦いをするなんて軍部はとうとう狂ったと思ったのだろうね。金子さんは大変なんだよ。日本人にも、たまにはああいう人もいるんだね」と嬉しそうに言い、「はい皆さん、ここだけの話ですよ。よそに行って話してはいけませんよ」と言ってワインで乾杯した。飲んでおしゃべりをしていたら夕方4時になった。信一郎は林さんを呼んで、「ワイン2本とうなぎの缶詰12個をつつんでください」と言い、「遅くなると困るでしょう。夕食はうな丼にすればすぐ出来ますから。では僕が車で送っていこう」と有楽町で別れた。

電車に乗った。まだすいていて、克彦は「伯父さんはすごい人ですね。何でもご存じなんですね。でもとても楽しかった」と話をしているうちに5時に吉祥寺に着いた。絹子は「夕食の支度をするには、まだ早いくらいですよ。でも克彦さんが楽しかったのが何よりでした」と嬉しそうであった。そして夕食はうな丼であった。一家は何年ぶりかと、子供たちも大喜びであった。

数日して克彦は信一郎に長い手紙を書いた。

『まず木曜日、母とお伺いして大変楽しい時間を過ごすことが出来ました。おいしいワインやお鮨をいただき、楽しいお話をたくさんお聞き出来て、大変幸せな時間をありがとうございました。私は母の子として生まれ、ほんとうに幸せな人生を過ごしてきました。

母は伯父さんの妹だから世の中のことを深く理解しているのだなあとよく分かりました。僕にもうじき赤紙が来ると思います。

これからは母や2人の妹と弟をよろしくお願い致します。なお、金子光晴さんの一人息子乾さんは、病気のため兵役免除になり、めでたいことと存じます』

信一郎の家に行ってから10日たち、5月1日月曜日になった。絹子がお昼の支度をしているとベルが鳴り、郵便局の男性が「おめでとうございます」と、召集令状（赤紙）を出した。絹子は内心ドキンとしたが「ありがとうございました」と受け取った。中谷克彦殿となっていたので、克彦を呼んだ。

「とうとう来てしまいました。私は前からずっと気になっていました。克彦さんもそうだったのでしょう」

「お母さんは何でもお見通しですね。僕は4月いっぱいはお母さんを独占して、すっかりお母さんに甘えられて幸せでした。お母さんは僕の誇りです。もう思い残すことはありません。お母さん、ありがとうございました」

「克彦さん、そんなことは言わないで、何が何でも帰ってくるのですよ。何か食べたいものはありませんか」

「子供の頃お母さんが作ってくれたおはぎが食べたいです」

「分かりました。明日から毎日、お昼はおはぎにしましょう。6日土曜日が出征日になりますね。それまで楽しい日々を過ごしましょう」と言って、桃子のお母さんに電話した。

「克彦に赤紙が来ておはぎを食べたいと申しております。売店から、アズキ5升、もち米5升、砂糖10kg、それに、ワイン10本、ビール10本、お菓子は羊羹10本、チョコレート30枚を注文していただけますか。明日10時に私と大二郎がリヤカーで取りにまいります。お金はその時にお支払いしますのでよろしくお願いします」と電話を切った。

道子、大二郎、洋子が学校から帰ってきた。絹子は「克彦に赤紙が来ました。克彦さんに少しでもおいしいものを食べさせたいし、あなたがたも克彦さんと過ごしてほしいので、明日から1週間学校を休んでください。それぞれ学校へ連絡してください。兄さんが出征するのでと言えばいいでしょう。洋ちゃんの学校へは私がします」

5月2日。昨日から用意しておいた絹子の一番のお気に入りの着物と一番お気に入りの帯を包み、リヤカーに載せ、朝食がすむと「大二郎さん行きましょう」と大二郎がリヤカーを引いて、桃子の家に行った。桃子のお母さんは「買っておきました」と言った。絹子は着物と帯を見せ、「あなた様もたくさんお着物をお持ちでしょうが、これは京橋の山田呉服店の特注のものです。どうぞお受け取りください」と言いながら手渡した。

「こんな素晴らしいお着物や帯は見たこともありません。ほんとうにありがとうございます。嬉しいですわ。何でもおっしゃってください、買っておきますから」

「今夜のおかずにお刺身6人前お願いします。昨日のものはさっそくいただきます」とリヤカーにアズキ5升、もち米5升、砂糖10kg、ワイン10本、ビール10本、お菓子などの代金を支払い、「明日は道子と大二郎に来させます。帰ったらまた電話します」と告げると、大二郎がリヤカーを引き、絹子が押して帰ってきた。

10時30分になった。道子がおにぎり5人前を作っていたので、それで昼食になった。絹子は「明日からお昼はおはぎですよ。そして今日の夕食はお刺身ですよ。おやつには道子さん、羊羹を切って皆で食べてください。私はお隣に用事があって行ってきます。すぐ帰りますよ」と言って風呂敷にワイン2本と羊羹3本、チョコレート20枚を包み、お隣の奥さんのところへ行った。麗子に「実は家の長男克彦に赤紙が来まして、6日の土曜日出発することになったのですが、こちらの先生に出征式の司会をお願いできないでしょうか」とお願いした。麗子は「主人が帰ってからでないとはっきり分かりませんが、休めると思います。今夜帰りましたらお電話を差し上げます」と応じてくれた。

絹子が、「これはいただきものですが」と差し出し、「ワインはご主人に、羊羹とチョコレートは奥様とお子様で召し上がってください。どうぞ」と言うと、「まあ、ありがとうございます。この前もいろいろいただいていますのに、あまりお気を遣わないでくださいませ。主人が帰りましたらお電話致しますね」と言われ、絹子は帰ってきた。子供たちは羊羹をおやつに食べ、4人はおしゃべりをしていた。絹子は「克彦さん、6日の土曜日の出征式に、お隣のドクターに病院をお休みして司会をしていただくよう頼みに行ったのですが、大丈夫そうよ。夜電話が来るけれど」と言うと、克彦は「そんな大袈裟な」と言うが、絹子は「これからのこともありますし、ドクターは1日もお休みがない、そういうことなら主人も休めてありがたいと、麗子さんもおっしゃっているのです。とても感じのよいドクターなんですよ」と言った。克彦は「何でもお母さんの言う通り。よろしくお願いします」と頭を下げた。

夕食は何年ぶりかのお刺身で、子供たちは大喜びであった。

5月3日になった。道子と大二郎が桃子の家まで行った。桃子のお母さんである小山まり子は、缶詰、サケ、カニ、うなぎ、ほたて、カキ30個ずつ、ワイン30本、ビール30本、日本酒30本と今日のすき焼き用の材料10人前を用意してくれていた。

絹子は、朝からおはぎ作りで大忙しだった。大皿3枚分が出来上がり、帰ってきた道子と大二郎に「ご苦労様でした。さあ克彦さん、やっとおはぎですよ」と言って5人で食べ始めた。克彦は「お母さんの作ったおはぎは最高ですよ」と笑った。絹子は「こんなことしか出来なくてごめんなさい」と言うが、子供たちは久しぶりのおはぎに大喜びであった。

「大二郎さん、ひと休みしたら、これから毎日お風呂を沸かしてくださいね。沸いたら克彦さんから大二郎さんと次々に入ってください。今夜はすき焼きですよ。お父さんがお帰りになったら、克彦さん、お隣のドクターをお呼びしてワインなど飲むのはどうですか」と尋ねた。

「そうですね、会ってみたいですね。オヤジと2人でワインはどうも。ドクターも一緒だと飲みやすいです」

「お父さんのことは、先日の電話でドクターに話しています。ドクターは話の分かる人のようですから、上手にお話しになられますよ」

夕食の時間になった。ドクターには電話しておいたのだ。

信介には昨日「司会をしてくださるドクターに、明日の夕食に来ていただくようお願いしてあります」と言ってあった。

夕食になり、ドクターが来た。信介は「お忙しいところありがとうございます。本日は息子のためよろしくお願いします」と挨拶し、ドクターは、「今日はお招きにあずかりまして、ご子息様にもお目にかかれるとのこと。こちらこそよろしくお願い致します」と挨拶を返した。

克彦は、「私のためにお忙しい中、急なお願いを聞き入れてくださいましてありがとうございます」と、丁寧にお礼の言葉を述べた。それぞれの挨拶と自己紹介が終わると、「お食事の用意をしてありますので、一緒にどうぞ」と席に座っていただいた。

「すき焼きですか、豪華ですね」

「いつも大二郎や洋子が、純さんや美知子さんとお宅のお庭で日曜日になると遊ばせていただいてありがとうございます」

「私は休みがないので子供のことは妻にまかせっぱなしですが、何かと妻や子供にお気を遣ってくださいましてこちらこそありがとうございます。今日はまたお招きくださりありがとうございます。何と私なんて何年ぶりかですよ、すき焼きは」

大二郎も「うちも何年ぶりかのすき焼きで、皆喜んでいるんですよ」と言うので皆で笑った。

食事が終わり、子供たちはおいしかったねと満足そうだ。絹子は「大二郎さん、洋ちゃん、お部屋に行ってね。これからは大人の時間です。道子さん、おつまみを持ってきてください」と言い、絹子もワインとワイングラスを持ってきて、ドクター、信介、克彦にワインを注いだ。克彦が絹子にも注いで、信介が乾杯しましょうと言って皆で乾杯をした。信介が、「先生にはお忙しいところ、克彦のためにありがとうございます」とワインを注ぎ、ドクターは「ワインも久しぶりでやっぱりいいですね」と言う。そして「克彦さんはどこの大学ですか」と尋ねた。

「僕は早稲田大学の仏文2年生です」

「ほう仏文ですか。僕は文学は分からないんですよ」

謙遜するドクターに、克彦はワインを注いだ。

「ところでご一家で深大寺へ行かれたそうですね。私は深大寺に行ったことがないのですが、よいところと聞きましたけれど……」と言うと、信介はここぞとばかりに深大寺のことを話しだし、学のあるところを見せ悦に入っていた。いろいろ話し、出征式は6日土曜日9時から始めることを確認してドクターは飲んで帰っていった。絹子が「感じのいい方でしょ」と言うと信介も「感じのいい人のようだ。克彦のために休んで司会をしてくれるとは親切な人だ」と言ってその日は終わった。

克彦が3日間、お昼におはぎを堪能し、昭和19年5月6日土曜日、克彦の出征する日が来た。

絹子と道子は、朝の3時に起きてお赤飯を炊き、いろいろなおかずを作った。皆で朝食を食べると、絹子は克彦のお弁当を作った。お赤飯と克彦の好きなものをびっしり入れたおかず入れと、紅茶を入れた水筒にラムネ、チョコレート、ドロップなど、たくさんの品をリュックに入れた。

5月の空は青く澄み、風は心地よく人々の頬を撫でていく。新聞は毎日大勝利を謳(うた)い、ラジオの大本営発表も大勝利と発表しているので、ほとんどの人々は、日本は戦争に勝っていると信じている。

9時に出征式とお知らせしておいたので、近所の人々や親戚など、桃子と母親のまり子も来ていた。まり子は大きなリュックを「夜のお刺身です」と言いながら絹子に渡した。絹子は「今日はいろいろありがとうございます」と言っていた。

洋子が蜜柑を、「兄のためにありがとうございます」と一人一人に頭を下げて配っているのを見た桃子は、「洋ちゃん、面白そうなことをしてるのね、私にもさせて」と一緒に蜜柑を配り始めた。人々が「蜜柑なんて何年ぶりだろう」「可愛いお嬢さんからもらうとは」などと言っている間に9時になり、出征式が始まった。

克彦は出征と書いた赤い襷をかけてドクターの横に立っている。お隣のドクターの司会は、ユーモアのある温かいものであった。最後に「克彦さん、必ず帰ってきてくださいよ」と言うと、近所の人たちは「今日本は大勝利だから、戦争はすぐ終わりますよ。そうすれば克彦さんも復員しますよ」「そうですよ、神風がもう吹く頃ですよ」と言っていた。

魚屋さんなどは「学徒出陣なんてかっこよくて、大学生は品がよくていいですね」と、皆勝手なことを言っている。ドクターが「では『万歳』を三唱してください」と音頭を取って、皆が「万歳、万歳、万歳」と言った。

「では皆さん、吉祥寺の駅までお見送りしましょう」

吉祥寺の駅を目指し、中には軍歌を歌いだす者もいて、賑やかにホームに着いた。電車が入ってきた。克彦が電車に乗り窓から顔を出すと、皆いっせいに万歳を連呼した。電車が動きだすと5人の子供も走りだし、大二郎と洋子は、「克彦兄さん」と連呼しながら手を振ってホームの端まで行き、手を振る克彦が見えなくなるまで大声で叫んでいた。

「とうとう行っちゃったね」と洋子が言うと「また帰ってくるよ」と大二郎は言った。両親は見送りに来た一人一人にお礼を言い、皆帰っていった。小山まり子、大田夫妻は、子供たちが戻ってくるのを待っていた。信介が「今日は克彦のためにありがとうございました」と言い、絹子が「お昼を用意してありますので」と皆で家へ帰ってきた。絹子は子供たち5人には「喉が渇いたでしょう」と言って、冷やしてあったラムネを持ってきて、大人にはお茶を出した。

そのうちに道子の作ったおはぎを大皿3つに山盛りに持ってきて、銘々皿を一人一人の前に置き、「さあどうぞ。今日はご苦労様でした。パーティーです。まだありますので召し上がってくださいませ」と言った。純や美知子、桃子は「おはぎを食べるのは何年ぶりかなのでおいしいね、おいしいね」と言って、大喜びである。

皆が食べ終わったのを見て絹子が「大人はワインかビールにしましょうか」と聞くと、暑かったのでビールがいいとの声が多く、絹子はよく冷やしたビールを大人に注いだ。

信介が「先生、乾杯をお願いします」と言うとドクターの「克彦さんの武運長久を祈り、乾杯」の一言で飲みだした。まり子は「私ビールを飲んだことがないんですの」と言った。信介が「ビールはアルコール分が少ないですから、少しお飲みになってくださいい」といつになく優しい声で言った。まり子は少し飲み「あらおいしい。ビールっておいしいのですね」と言った。

しばらく歓談してから、絹子は「初対面の方もいらっしゃいますのでご紹介致します。こちらにいらっしゃる方は、今日克彦の司会をしてくださいました、お隣にお住まいの大田先生です。慶応病院にお勤めの内科のお医者様です。そして、その奥様の麗子さんです。こちらは桃子さんのお母様で小山まり子さんです。まり子さんは音大を出られたピアニストです。ご主人は中島飛行機武蔵製作所で飛行機を造っていらっしゃる特殊社員です。会社の社宅に住まれています。これからも何かとお会いすることが多くなると思いますが、よろしくお願い申し上げます。それから夕食には、今日ご活躍くださいました、大田先生への慰労会をしますので、麗子さん、夜はご主人をお借りしますね。これでお昼のおはぎパーティーは終わりとしましょう」と告げた。信介は「ではまた」とドクターに言って2階へ行ってしまった。絹子は「桃ちゃんもお隣のお庭で、洋子と夕食まで遊んでいらっしゃい。洋ちゃん、毬3つ持ってね。麗子さん、まり子さん、私の作った薔薇が今盛りですので切って差し上げます」と2人を庭に招き、麗子に大きな薔薇の花束を渡し、「まり子さんにはお帰りの時に差し上げます」と言った。

「まり子さん、大田先生にご主人のことをお話しして、助けていただいたらよいと思います。先生にはお伝えしておきましたので、先生がお待ちと思いますよ」と3人はお隣へ行った。麗子は「こんな素晴らしい薔薇は初めてですわ、いろいろありがとうございます」と言った。大田先生はまり子といろいろ話し始めたので、絹子は「では先生、6

時にいらっしゃってくださいませ」と帰ってきた。道子に「道子さん、今日は大変でしたね。夕食まで、少しお部屋で休んでいらっしゃい」と言い、庭で遊んでいる子供にラムネとドロップを持っていき、「今日は、克彦のためにありがとう」と労っていた。

夕食のパーティーが始まった。ドクターと桃子親子と残った家族5人を合わせて、8人のお刺身パーティーである。克彦のエピソードで話が盛り上がった。食事が終わると大人たちはワインを飲み始めた。

まり子は「ワインも初めて飲みました。ワインもおいしいですね」と言っていた。4月に桃子が来た時、何でも初めてを連発したが、まり子もお嬢様なのだと絹子は内心おかしくなった。

ドクターが「今日は、すっかりご馳走になりました。今度は克彦さんの復員祝いをしたいですね」と言って、会は終わった。

桃子は大二郎と手を繋ぎ、道子が右手で薔薇の花束を持ち、左手でまり子と手を繋ぎ送っていった。

四章　日々を生き抜く才覚

次の日、日曜日が来た。皆朝寝坊をして、朝食は10時になった。絹子は「大二郎さん、道子さんお疲れでしょうが、リヤカーで、お米がなくなったのでお米1俵とその他の物を買ってきてちょうだい。あとで、まり子さんに電話しておきますから。道子さん、夕食のおかず用にブリの切身5つもお願いね」と、道子にお金を渡した。絹子はまり子に電話をして、「昨日は、克彦のためにありがとうございました。お疲れでしょうが、道子と大二郎がリヤカーで向かいました。またお願いのものを買って持たせてください。お米がなくなりましたので、お米1俵、日本酒30本と今夜のおかず用にブリの切身を5つお願いします」と頼んだ。まり子は「こちらこそ、いろいろ楽しかったです。それに送っていただいてありがとうございました。すぐ手配致します」と言ってくれた。

「それよりドクターに会わせていただきありがとうございました。ドクターのおっしゃる通りにやります。ありがとうございました」とつけ加えた。電話を終え、絹子は遅いお昼を作りだした。サケの入ったおにぎりである。

道子と大二郎のリヤカーが帰ってきたのは12時だった。米俵は、廊下のもうなくなりかけているお米のそばに置き、日本酒30本は台所のすみにかたづけ、ブリの切身は台所の床下に入れた。「さあ、お昼にしましょう」と、お昼寝をしている2階の信介と子供たちの遅いお昼が始まった。絹子は、

「皆お疲れになったでしょ。お昼が終わったらお昼寝をしてください。夕食になったら起こしますからね」と言った。信介は「何だかすっかり疲れてしまってね、昨日まで気が張っていたので」と少し疲れた様子で言う。絹子は「あなたは主役でしたのでお疲れになりましたでしょ。またゆっくりお休みになってください」と労った。

「今夜はブリの照焼きですよ。道子さんも大二郎さんもお疲れでしょうから、休むといいわ。夕食が出来たら起こしますから。ご苦労様でした」と2人のことも労った。洋子だけうろうろしていたので、絹子は「洋ちゃん、元気ならお隣へ行って遊んでいらっ

しゃい。6時には帰ってくるのですよ」と言って、食事のあとかたづけをすませると自分もレコードをかけてのんびりとした。夕食時になり、ブリの照焼きと野菜いためを用意した。「ブリは久しぶりでおいしいですね」と大二郎が言い、皆もおいしいおいしいと食べた。

次の日は月曜日で、皆会社や学校へ行ってしまったので、絹子は朝食後お花に水やりをすると、2時間ぐらい横になった。お昼は朝にとってあったご飯でおにぎりを作って、また3時間ぐらい横になり寝た。今日は絹子のお休みの日である。

火曜日もまだすっきりしないので午前2時間、午後3時間寝た。

絹子は自分が思ったよりも精神的にも身体的にもまいっていたのが分かった。だが、2日間でどうやら疲れが取れたと思った。

水曜日、まり子から電話がかかってきた。

「夫と桃子を連れて月曜日に病院へ行きました。大田先生が検査やいろいろ見てくださり、夫は軽い狭心症と診断されました。毎日定時に帰り、月曜日は毎週休日に、そして

1カ月に1度病院へ来ることを記した診断書を会社に出しましたところ、診断書の通りとなりましたので、これで夫もだんだん元気になると思います。つきましては、大田先生にお礼をしたいのですが、どのようにしたらよいか教えてください」

「今、どこの家でも政府から1人1日1合のお米しか配給がなく、お店は肉屋も魚屋もお菓子屋も八百屋もなくなり、主婦は食べもの集めに大変なのです。私は、まり子さんの社宅の売店でいろいろなものを買っていただき、大変助かっています。来週の日曜日に、リヤカーを大二郎が引き、ドクターの奥様の麗子さんと純さんがあと押しして、まり子さんの家に行かせます。その時にお米2俵、ドクターにワイン10本、ビール10本、奥様とお子様に羊羹10本、チョコレート20個、ドロップ20個、あとおかずの缶詰サケ20個、カキ10個、うなぎ10個などを用意するのはいかがでしょうか。あとその日の夕食のおかず。麗子さんがお刺身か、すき焼き用のお肉とおっしゃったら、当日買って差し上げたらお喜びになると思います」

「リヤカーで大二郎さんが引っ張れば大丈夫ですね。私はね、ほんとうに絹子さんにお礼をしてもし切れません。あんなご親切な先生と会わせていただき、夫もだんだんと元気になると思います。麗子さんにこれから電話致します。ではどうぞよろしく」と話して2人の会話は終わった。


木曜日の朝、皆出かけてから、絹子は隣の麗子に電話をして「お昼、私が2人前食事を用意しますので、12時に来てくださいませんか。お食事を食べながらお話がしたいので」と言うと、麗子は「まあいいのですか、では12時にまいります」と言った。

12時に玄関のベルが鳴って、麗子が嬉しそうに入ってきた。

「さあ、食べましょう。サケ入りのおにぎりです」

「この紫色のものはなんですか」

「私が漬けた茄子のぬか漬けです」

「まあ綺麗でおいしい。このサケ入りのおにぎりにぴったりですね」

絹子は「さあどうぞ。それとよかったら、時々こうして2人で食事をしましょうよ。そしていろいろお話ししましょうね」など話し、食事が終わった。

「ところで麗子さん、まり子さんからお電話がありましたか」

「ええありました。主人のアドバイスのお礼に何かたくさんのものをくださるとおっしゃっているのですが」

「実は私のところにも電話があり、先生にお礼を差し上げたいのですが、たくさんあるからリヤカーで来ていただきたいとおっしゃるの。日曜日なら大二郎がおりますので、家のリヤカーで引き取りに行かせましょう。何か分かりませんが、お宅様のものなので、純さんが後押しして麗子さんがついていらっしゃったらと思います。リヤカーに積んでお宅へ持って帰るといいでしょう。

　そしてお昼ですが、計8人分を道子と作っておきますから、お昼はうちで食べてください。美知子さんは、洋子と遊んでいてもらい、お昼になったら一緒に食べましょうよ」

「何から何まで、お宅の皆様のお世話になり、それでいいのですか」

「このご時世ですから、やたらの人は何か言われるかもしれませんが、大田先生のご一家と小山さんご一家、そしてこの中谷家の3家族は、助け合ってこの大変な時代を乗り切っていきたいと私は思っております。お互いに知恵を出して助け合わなければ何が起こるか分からない時代ですからね」

「私はよく分からないのでいつも絹子さんに頼るばかりです。また私の分からないことがあったら教えてください」

「今度の日曜日はそのように手筈してください。明日もお昼、また2人分作ってお待ちしておりますから来てくださいますか」

麗子は、「明日も甘えていいのですか、嬉しいです」とその誘いを受けていた。絹子は、「それでは口なおしに甘いものを持ってきます」と羊羹を切ったのを持ってきて、お茶をまたついだ。レコードをかけ、少しのんびりした。「やはり2人でお話ししながら食事するのは楽しいですね」と麗子は言って、3時に帰っていった。


金曜日になった。絹子は朝食後、花畑に水をやりリヤカーを置き、その上に日本酒1本と羊羹2本、花ゴザ2枚を持ってきて載せた。お昼は、ほたて貝を甘辛く煮ておにぎりに入れたのを2人前作り、また茄子のぬか漬けを出した。12時に「また御馳走になりに来ました」と、麗子が子供のように絹子に甘えてやってきた。

「麗子さん、今日はおにぎりの中にほたて貝の甘辛煮を入れましたが、麗子さんはほたて貝お好きかしら」

「ほたてなんて何年ぶりかしら。私、大好きなんです。ここのお宅に来るとおいしいものばかり。絹子さんはほんとうにお料理上手でいらっしゃいますね。今日は五月晴れで気持ちがいいです」

昼食後、絹子は「今日はチョコレートにしますか」と言って2人でチョコレートを食べ、麗子は「子供になったみたいですね」と一人でよく話した。嬉しかったのである。

「麗子さん、リヤカーが欲しくはないですか。1台あるととても便利ですよ。そしてリヤカーの引き手には、とてもいい人がいます。私が懇意にしている農家の長女で、17歳になる梅子さんです。私は梅子さんに50銭で頼んでいるのですよ。お宅も野菜をいっぱい買い、梅子さんにリヤカーを引いてお宅まで持ってきていただいたらいかがですか。

羊羹を1本持っていくと、鶏を1羽さばいたのと卵20個と取り替えてくれます。私は土曜日、梅子さんに家へ3時頃来ていただき、農家のお家へ行って、野菜をリヤカーいっぱい買い、梅子さんが家まで引いてきてくれます。その時に50銭渡してお茶とチョコレートを出すと喜びますよ。農家も今は子供におこづかいはあげていないので、梅子さんは50銭で、日曜日に半日映画を見るのが楽しみだと言っています。映画は30銭で見られますから。中でラムネを5銭で買って、それを飲みながら映画が見られると喜んでいるのですよ。お宅も50銭で頼めば、梅子さんは弟も連れて見に行けると喜びますよ」

「そういうことが出来るのですか。絹子さんはいろいろなことを知っていらっしゃいますね。私もそのリヤカーが欲しいです。そして梅子さんという農家の娘さんにリヤカーを引いてもらいたいです」

絹子は「私たちはリヤカーを引くなどという労働には慣れていませんので、私たちだと身体を壊すだけです。梅子さんは女性でも毎日労働していますので、上手にリヤカーを引いてくれます。今日は私がご一緒しますので、行ってみましょうか。もうリヤカーを用意してあります」と絹子がリヤカーを引き、麗子が後方を押して出かけることにした。その上には日本酒1本と羊羹2本と花ゴザ2枚が載っていた。

絹子は農家に行く道々、麗子に「日本酒1本で農家のご主人はリヤカーと交換してくれます。農家でもお酒は手に入りませんのでとても喜ばれます。また羊羹も手に入らないので、鶏と卵と交換してくれます。これから、お子様2人のお弁当に卵焼きを入れてあげられますよ。私は3人の子供のお弁当に卵焼きを入れています。日曜日は、多分まり子さんが米俵をくださると思いますので、月曜日から純さんと美知子さんのお弁当に卵焼きを入れられますね。それから鶏を1羽さばいたのは、その日の夕食で鶏の唐揚げのおかずが出来ます。今夜はお宅も家も、夕食のおかずは鶏の唐揚げですね」と話すうちに農家に着いた。ご主人に「こちらは、私の家のお隣にお住まいのお医者様の奥様です。リヤカー1台と交換してほしいそうです。日本酒1本をお持ちになりました。よろしくお願いします」と麗子を紹介した。ご主人は、「久しぶりにお酒にお目にかかります」と目を輝かせている。「ご主人、奥様はリヤカーを引くのは梅子さんにお願いしたいとのことですが、お願いできますか。そして羊羹をお持ちなので、鶏1羽と卵20個をお願いします。奥様、お野菜1台分何がよろしいかおっしゃってください。キャベツ、人参、大根、茄子、玉ネギ、長ネギは根があるのがよろしいですよ」と教えた。リヤカーいっぱいになった。その上に鶏と卵を載せ、花ゴザをかけた。「では梅子さん、よろしくお願いします」と言いながら絹子は「私は今日は鶏のさばいたのと卵20個だけでいいです」と言って3人は帰ってきた。絹子は、「梅子さん、明日の土曜日も、いつものように来てくださいね」と言った。絹子はリヤカーを庭に置き、スコップとリンゴ木箱を持ってお隣に行くと「麗子さん、鶏のさばいたのと卵はお台所の床下にこの木箱を置き、そこに入れておくと日持ちしますよ。それから梅子さんに、長ネギの根のあるのをお庭の木の陰にでも小さな穴を掘って植えてもらったら、1カ月ほど持ち便利ですよ」と教えた。麗子は、「ほんとうに何から何まで絹子さんが頼りで、私は何にも分からずありがとうございます」とお礼の言葉を述べた。絹子はチョコレートを差し出し、「梅子さんにお茶とこのチョコレート、そして50銭あげてくださいね。これからは梅子さんに『毎週金曜日、3時に来てください』と言えば、リヤカーを引いて家に帰り、野菜をいっぱい積んでここまで来てくれますよ。ではまた日曜日お会いしてお話をしましょう」と言って帰ってきた。

日曜日になった。朝食が終わり「大二郎さん、大変でしょうがお隣のリヤカーを引っ張ってあげてくださいね」と言っているうちに、お隣の純がリヤカーを引っ張ってやってきた。大二郎が、「僕が引っ張るから、純くんは押してね」と言い、麗子が「行ってきます」と絹子に挨拶して出かけた。絹子は「洋ちゃん、お花畑に水をやったら、毬を2つ持っていって美知子ちゃんに『あんたがたどこさ』を教えてあげて。12時になったらお昼にするから美知子ちゃんと2人で来るんですよ」と言う。道子に「ではお昼のおにぎりを作りましょう。少し多めに10人分ぐらい作ります。サケを入れたのとほたての甘辛煮を入れたのを大皿に20個ずつ。お父さんは大勢は嫌でしょうから、12時になったらこのお皿とお茶を2階へ持っていってちょうだい」と指示した。11時には出来上がった。

その時、リヤカーが帰ってきた。大二郎は重そうであり、純も頑張って押している。よく見ると桃子がキャッキャとおしゃべりをしながらついてきた。絹子を見ると洋ちゃんはと言うので、絹子は毬を持って急いで洋子のところへ行き、「桃ちゃんに毬つき歌を教えてね」と言うと、今度はリヤカーの手伝いに行く。麗子は、「こんなにたくさんいただき、私びっくりしました。大二郎さんは大変だったと思います。それに夕食のおかずはすき焼きがいいと申しましたら、こんなにたくさんすき焼き用のお肉をいただきました。何だか申し訳なくて、でもとても嬉しいです」と興奮気味に話している。絹子は「よかったですね。でも、大田先生が人助けをなさったのですもの、まり子さんも嬉しかったのですよ。大田先生のお力なのですから。麗子さん、そのお肉、お台所の床下の箱に入れておくといいですよ。あそこはちょっとした冷蔵庫なみですよ。それから、お荷物はどこに入れますか」と聞いている。

「あの納戸の部屋にと思っています」と麗子が答えると絹子は、「大二郎さん、純くん。米俵を皆で持って廊下に上げましょう。そして、ワイン、ビール、あと缶詰やお菓子。麗子さん、納戸を教えてください。そこに入れましたら、皆さん、お昼にしましょう。私の家に来てください。用意してあります。桃ちゃん、洋ちゃん、美知子ちゃんもいらっしゃい」と誘った。麗子は「何から何までありがとうございます」と言い、皆が中谷家の食堂に集まった。絹子は子供にはラムネ、大人にはお茶を注ぎ、「このお皿はサケで、このお皿はほたてよ。それにそれは茄子のぬか漬けですよ」と説明し、一人一人銘々皿を持っておいしいねと食べ始めた。桃子が急に「純お兄さん、今日はお父様はいらっしゃらないの」と聞いた。

「父は、日曜日でも病院へ出勤していていないよ」

「お父様は、お医者様なの」

「そうだよ。慶応病院の内科医だよ」

「何というお名前なの」

「大田っていうのだよ。僕は大田純だよ」

桃子は「洋ちゃんの大きいお兄様の出征の時、司会した人は」と言いかけると、純は「僕の父だよ」と自慢げに話した。桃子が、「やっぱり1人だったのね。私同じ顔の人が3人いると思っていたの。今日は確かめに来たの」と言ったので皆大笑いした。そして「桃ちゃんって面白いね。はい、分かったのならたくさん食べて」と大二郎が言うと「洋ちゃん家のお昼は、面白いね。こうやって大勢で食べるの桃子大好き」と、皆を笑わせた。お昼が終わると桃子は「また洋ちゃんたちと毬つきしたい。『あんたがたどこさ』というの面白いんだもん」と、洋子や美知子と毬つきに行ってしまった。残った人たちは、桃子には皆かなわないわと笑った。麗子は「今日は、いろいろありがとうございました」と、純を連れて帰って行った。

絹子は「大二郎さん、疲れたでしょう。夕食までお部屋で寝てくださいね。道子さんも疲れたでしょう。レコードをかけ2人でゆっくりしましょう」と誘った。

「道子さん、女学校はどう」

「そうね、アメリカと戦争してから英語の時間がなくなったわ」

「どうして」

絹子が重ねて尋ねると、「何か敵性語だからダメなんですって」と道子は少し怒ったように答えた。それから道子が「この前だけどヒトラーの『我が闘争』をやったわ。先生が読むだけだったけれど……」と言いかけると、絹子は「あのドイツのヒトラーの」と尋ねた。「そうなの。お母さんだけに言うけど、私ああいうの嫌いなの」と憤激している。「そうよねえ。今の女学校は私の時と随分変わっちゃったのね」と絹子は考えた。少しして、「道子さん、悪いけど4時ぐらいになったら桃ちゃんを送ってあげてね。桃ちゃんは一人っ子なので皆と遊びたいのよ。でもまり子さんが心配するといけないわ。電話しておくから、よろしくね」と言った。絹子は桃子の家に電話した。「桃子さんは4時頃お送りしますので、心配しないでください。今、洋子や美知子ちゃんと毬つきをして遊んでいらっしゃいます。では」と電話を切った絹子は、「それでは女学校も、あまり楽しいところではなくなってきたのね」と呟いた。

絹子が「道子さん、疲れたら少し部屋で休んでいていいわよ。時間になったら起こしますから」と言うので、道子は部屋に行った。

4時に道子が桃子を送っていって、その日は終わった。


6月になった。9日、克彦が出征して1カ月がたった。何かポストの方で音がしたので絹子が見ると、「軍事郵便」と赤い判を押した一通の葉書が入っていた。差出人を見ると中谷克彦となっていた。絹子はハガキを抱きしめ「生きていた、生きていた」と涙が溢れ、「よかった、よかった」と思い切り涙した。皆が帰ってきたら安心させようと文面を読んだ。

『今まで転進、転進で落ちつかなくハガキを書くことが出来ず、やっとペンを持てるようになりました。お父上様、お母上様、道子、大二郎、洋子、皆様お元気のことと存じます。僕は大変元気ですのでご安心くださいませ。今夜はサザンクロスが美しく輝いております。星の中に皆様の顔が浮かんできます。

また書きます。皆様のご健康をお祈りしております』

だけであったが、生きていてくれればそれでいいのだ。信介が帰ってきたのでそのハガキを出し、「夕食の時、お父さんから子供たちに話してください」と頼んだ。夕食になった。

「お父さんから皆にお知らせがあります。出征した克彦から今日軍事郵便が来たから読み上げよう」と言って読んだ。子供たちは、「わあよかった。よかったね」と抱き合って喜んだ。大二郎が「お父さん、サザンクロスて何ですか」と聞くと信介は、「サザンクロスは星の名前で南十字星ともいって、南の国でないと見えない星だから、日本では見えないんだ。住所が書いていないのは軍事秘密なんだろう。だからサザンクロスの星の名を書き南の国にいますと克彦は知らせてきたというわけだ」と教えた。大二郎は、「お父さんは博学で何でも知っているのですね。そして克彦兄さんも、星の名前を書いて居るところを知らせるなんて頭がいいね」と感心していた。絹子は、「お父さん、今日はおめでたいのでビールを冷やしておきました。どうぞ」と冷やしたビールをついだ。信介は「僕だけで悪いね」と言って嬉しそうである。

それから3日たって12日のことである。夕食が終わり信介は2階へ、道子はあとかたづけが終わって、部屋で本を読んでいた。

洋子がパジャマで絹子のそばに行こうとしたら、大二郎が絹子に「お母さん、今赤紙が来て逃げている人がいるそうですね」と言った。

「あらそんな人がいるの。聞いたことはないですけど」

「僕は逃げている人は早坂さんだと思いますよ」

絹子はびっくりして、「そんなデマのような話に人の名前まで出して、大二郎さんは頭がいい人とばかり思っていたのにどうしたの」と尋ねた。大二郎は「お母さん、3月の初め頃、早坂さんが克彦兄さんの部屋に遊びに来た時、僕は悪いと思い部屋から出て遊びに行ったのです。だけど、忘れものを思い出して部屋のそばまで行ったら、早坂さんが『この戦争はおかしいと思いませんか』と2度も言ったのですよ。戦争がおかしいと言うのは国賊でしょう。僕はそれを聞いて、部屋に入らず遊びに行きました。お母さん、早坂さんが、赤紙が来て逃げたんですよ」と決めつけていた。

「早坂さんは優しい人ですからね。あ、そうだ思い出しましたよ。春休みになってすぐでしょ。克彦さんが早坂さんが来たと言うので、コーヒーを入れて道子さんに持っていってもらったの。少しして道子さんが戻ってきて、『お母さん、早坂さんて面白い人ね。克彦兄さんと2人で面白いことを言って笑っていらっしゃるのよ。私もつり込まれて笑っちゃった』と言っていましたよ。大二郎さんは何か勘違いをしているのね。今戦争をしているので、いろいろなデマを言う人がいるのですよ。関東大震災の時、朝鮮の人が井戸に毒を入れるというデマを言って歩いた人がいて、その話を本気で聞いて自警団まで出来て、朝鮮の人をたくさん殺してしまったのですって。朝鮮の人は誰も井戸に毒など入れる人はいなかったのですよ。ほんとうに恐ろしいことをしました。朝鮮の人に申し訳ないことをしたのです。頭のいい人は、デマは信じないものです。大二郎さんは優等生でしょ。そんな話はあなたには関係ないことです。明日は学校でしょう。もうお休みなさい」

大二郎は「そうかなあ」とぶつぶつ言いながら部屋に戻っていった。洋子は、お母さんは何でも知っていてすごいと思ったが、眠くなったので部屋に戻った。

次の日である。絹子は早坂のことが気になって克彦から住所を書いてもらっておいた紙を出し、早坂の家へ行ってみることにした。その頃の吉祥寺にはお屋敷町という地域があった。

この辺だろうと、絹子がそのお屋敷町の方へ歩いて行くと、ヨーロッパ風の立派な洋館の家があり、「早坂」と表札もあった。近づいてみると不思議なことに、玄関、垣根に「国賊」とか「国賊の家」と書いた紙が、ベタベタと家のまわりにぐるりと貼られてあったので、絹子はびっくりした。家の中には人もいないようでシンとしている。向こうから近所の人が歩いてきた。絹子は通りがかりの者ですが、と言ってその人に「この家はどうしたのでしょうか。国賊とか紙がびっしり貼ってありますが」と尋ねると、その人はいろいろ話してくれた。

「何でも、そこの長男さんに赤紙が来たので郵便局の人がその赤紙を持っていったら、そこの奥様が出て『ご苦労様でございます。主人と子供は学校へ行ってます』とおっしゃったので、郵便局の人はおめでとうございますと言って赤紙を手渡したとのことです。それから1週間後、浜松の連隊に入隊することになっていたのに、近所には何も知らせがないのでおかしいなと話をしていたのですよ。普通出征式はやるでしょ。ところがですよ、長男は夜になっても入隊しないのでおかしいと憲兵が思い、電話しても誰も出なかったそうです。すぐ地元の憲兵隊や警察に連絡したので憲兵や警察が来たのですが、家には誰もいないので大騒ぎになって大変でしたよ。そこで憲兵は戸籍を調べ、親戚中に憲兵と警察が行って調べましたが、どこの家にも来ていないとのこと。ここのご主人は大学教授ですが大学を調べても分からない。大学教授のくせになんてことをするのか……」とその人は憤慨して話をしてくれたので絹子も調子を合わせて、「まったく何ていう人たちでしょう」と言って別れた。帰りながら絹子は、(早坂さん一家は何て無謀なことをしたのかしら。憲兵や警察だけでなく日本人のほとんどが勇ましくなっているのに、隠れるところがあるとは思えない。道子さんは早坂さんからの電話を待っているようだけれど、もう電話はないだろう。道子さんも早く忘れてくれるようにしなくては)と考えているとふと、克彦が言ったのを思い出した。

「僕は家族に迷惑をかけることはしません」と言ったのは、こういうことなのか。克彦は戦死を覚悟で征ったのだ。そして残った家族は生き延びてほしいということなのかと、家に入り、克彦の気持ちを思うと涙が込み上げてきた。

ひとしきり泣いてから絹子は、（家族を飢えさせないようにすることが私の仕事だ。小山さん一家とお隣のドクター一家と仲よく上手におつき合いしよう）と心に決めた。

五章　激しくなる空襲と不幸な出来事

7月に入り、サイパン玉砕のラジオを聞きながら、絹子と道子は「何か恐ろしいことが起きそうね」と話していた。7月中旬に京橋の信一郎から手紙が来た。絹子は「兄一家は新潟の山川村にかねてから借りておいた大きな家へ引っ越すことになったそうよ。山川村の住所が書いてあって、電話を引いたら電話すると言ってきたわ」と言った。道子は「伯父さんのやることは早いですね」と言った。

7月の末のこと。学校から帰ってきた大二郎は、「8月1日から印刷会社に勤務することになりました。休みは日曜日です。昼食は会社の食堂で食べるそうです」と言った。道子も「8月1日より中島飛行機武蔵製作所に勤務することになりました。私も大二郎と同じで休みは日曜日、昼食は食堂で食べられるそうです」と、信介と絹子に報告した。信介は「2人ともお国のため頑張って働きなさい」と言った。

8月1日、2人が帰ってきた。大二郎は、印刷会社の男性は赤紙が来て出征して女性ばかりになったので、男性が来たと喜ばれたと報告した。道子が「中島飛行機武蔵製作所は大きな工場で、一万人以上も職員がいて、そこへ、中学校5校、女学校4校から生徒が来たの。中学校5校と他の女学校3校は、飛行機の部品を作る部門に配属されて、力がいって大変ですって。私の女学校は庶務部にまわされたの。庶務部は部長さんと課長さんだけが男性で、あとは女学校を出たベテランの女性ばっかり。ベテラン女性に一人一人ついて、その人の雑用やお茶汲みをするの。私は山田さんといって優しそうな人につくことになったの」と報告すると、信介は「少々大変でもお国のためだ、頑張りなさい」と言った。

8月下旬の夜の9時頃であった。信介は2階へ、大二郎も自分の部屋に戻り、道子は部屋で本を読んでいた。絹子は夕食のあとかたづけやら何やらをひと通り終え、レコードをかけてひと休みしていた。電話が鳴ったので出ると、早坂からであった。絹子はびっくりして、道子を呼んで代わった。道子は涙を流しながら話し、電話は切れた。道子は絹子に抱きつき、「あの方は私のことを忘れていたのではないのよ。いろいろ事情があってやっと落ちついたみたい。電話がかけられるようになったので、これからは、月に2、3回かけますって。ご家族も皆さんお元気ですって」と話した。絹子は複雑な気持ちになった。やっと忘れかけていたのにと思った。

11月1日。午前10時頃のことである。「警戒警報発令」と電信柱に取りつけられた拡声器が唸りだした。

絹子はとうとう来たと思った。少しして洋子が「先生が皆さん早くお家へ帰りなさいと言うので帰ってきたの。お母さん何なの」と言ってラジオの前に座った。30分もすると「空襲警報発令」とともに中島の工場の方で爆弾の落ちるすごい音がした。

洋子は、「お母さん怖い」と絹子に縋りついた。「ここは工場から遠いので大丈夫よ。だけど道子さんのことが心配だわ。上手に逃げられたかしら」と話していると、1時間ほどして電話が鳴った。道子からだった。

「今いるところは山田さんのお宅で、三鷹駅の近くです。元コーヒー店だったお宅で、4人で来ているの。前から『警戒警報』が鳴ったら地下の防空壕は一万人しか入れないので、中学生と女学校生は工場から遠くに逃げるように言われていたの。山田さんがその時は家へいらっしゃいとおっしゃってくださっていたので逃げてきました。山田さんのお母さんがコーヒーとお菓子をくださったの。心配するといけないのでお電話したわ。今日は帰りが遅くなると思いますが心配しないでください」と言うので絹子はやっと安心し、洋子とお昼を食べた。

夕食後、道子が帰ってきた。残業になったので夕食も食べてきたようだ。

「B29は西の方から来ることが分かり、山田さんのお宅は南なので大丈夫よ。でも、一万メートルも上から爆弾を落とすのでまわりの家の人たちが大勢亡くなったようです」と震えながら語った。

11月2日になった。またもや午前10時頃、「警戒警報」が鳴った。しばらくして、洋子が桃子と素っ飛んで帰ってきた。桃子は口も利けない状態だった。すると、洋子が「昨日、社宅に住む桃ちゃんのお友達の雪ちゃんという1年生の女の子の家に爆弾が落ち、雪ちゃんと6年生のお兄さんとお母さんが、直撃弾をうけて、3人とも即死だったそうなの。遺体は判別できないほどひどい状態になっていたんですって。雪ちゃんのお父さんは精神が不安定になってしまったと桃ちゃんは言っているの」と説明した。桃子は怖い怖いと言っているばかりだった。絹子が「桃ちゃん、お母さんは」と尋ねると、お家と言うので、絹子はすぐ電話をし「まり子さん、桃ちゃんは私の家にいますから、すぐ私の家へ来てください」と電話した。20分ぐらいしてまり子が来た。「私はどうしたらよいか分からず怖くて怖くて、どうしようかと思っているところにお電話をいただき、走ってきました。絹子さん、これからどうしましょう」と青い顔をしながら桃子を抱いた。

絹子は牛乳に蜂蜜を入れたのを4つ持ってきて「これを飲んで」と言いながら手渡した。「少しは落ちつきましたか。大丈夫ですよ」と言って、桃子とまり子、洋子を慰めていると再び「空襲警報」が鳴り、工場の方で爆弾の落ちるすごい音がした。絹子は、「まり子さん、少しは落ちつきましたか？　私の言うことをしっかり聞いてください」と落ち着いた声でゆっくりと話しだした。

「これから毎日、工場目がけてB29がやってきます。社宅は工場のすぐそばにありますね。だから、いつお宅にも爆弾が落ちるか分かりません。私は前から、空襲が始まればお宅も危ないと思っていました。それで、あそこから離れるのがいいんじゃないかと思っています。実は、私の妹が小金井に住んでおります。夫はサラリーマンですが、夫の父親があの辺の土地をたくさん持っているのです。そして、妹の夫が2階建ての借家を20軒持っています。場所は、花小金井駅から小金井駅行きのバスが走っている道の途中にあるバス停の近くです。小金井駅まで歩いても行ける場所です。10月に妹が、2軒今空きがあると言っていたので、入りそうな人がいるから、その2軒は誰にも借さず取っておくようにと頼んでおきました。

桃ちゃんのお話では、地方にご親戚はいらっしゃらないとのことですから、もしよろしかったら引っ越しをされませんか。小金井町は、林と畑と農家ぐらいしかありません。アメリカは偵察機で、日本中のどこに何があるかを知っているそうです。そして軍需工場だけでなく、東京の中心部は丸焼きにするそうですよ。その点、小金井は北多摩郡の町で何にもないところです。そして東京への通勤も便利です。

それに今、区では学童疎開の話が出ていますが、町ですから学童疎開はありません。どうしますか、お気持ちがあれば今、妹のところに電話しますが」

まり子は「まあ絹子さん、そこまで私の家のことを考えてくださいまして、ありがとうございます。ぜひお願いします」と即答した。絹子はすぐ妹へ電話して、住所を聞いてメモをした。「家の間取りは私のところへ送ってちょうだいね」と言うと、電話口を手で押さえて「まり子さん、代わってください。OKと言っていますので、妹と話してください」と言いながら受話器を渡した。いろいろと話して「よろしくお願いします」と言って電話を切ったまり子は、絹子に何度も何度もありがとうと言った。

絹子は、「今引っ越し屋さんは大変混んでいます。まり子さん、何事もこうなったら早くしないとうまくはいきませんよ」と言って、すぐ引っ越し屋に電話した。引っ越し屋は「11月は無理ですよ。何しろ空襲になったので、皆大慌てで引っ越しをしようとしていますから。いつになるか分かりませんよ」と言う。絹子が「引越代金を2倍にし、ワイン5本と羊羹5本をつけますよ」と言うと、誰かと相談し、「それでは11月11日午後5時にまいります」と言ってくれた。「まり子さん、11月11日午後5時ですよ。これもワイン5本と羊羹5本が効いたようですね」と言いながらニコッと笑った。

「まり子さん、聞いたでしょう。今は、どこも食べるものがないのです。ワインや羊羹はもちろん、戦争の影響で食べものはどこにも売っていません。ですが、社宅の売店は、軍事産業の社宅で特別だから、ものがあります。小金井へ行ったら何にも売ってはいません。まり子さん、それは分かりますね。帰ったらすぐ売店へ行き、お米5俵と、ワイン30本、ビール10本、日本酒30本を買ってください。お米は5俵ずつ毎日買うのですよ。あと毎日ここへ来てください。その時に私が考えて、いろいろとお教えしますね。

それに、売店に頼みに行く時はチップを1円、毎日あげてください。それで売店の人はまり子さんを特別扱いしてくれるはずです。ではお昼を食べましょう。それから明日、ここへ来る前に朝食がすんだら、すぐ桃ちゃんを連れて学校へ行き、先生に転校届を書いていただきなさい。その時、男性の先生と聞きましたので、ワインを2本持っていってください。引っ越してから行くのは小金井第3国民学校と書いてありますので、これを持っていってください」と細かな指示を与えていた。

「絹子さんに教えていただき、家族の命が助かったと思っています。どうぞこれからもいろいろ教えてください」とまり子は言い、4人でお昼のおにぎりを食べると、ほっとした様子で2人は帰っていった。

絹子は夕食後、道子に、「桃ちゃん一家が、小金井の叔母さんの借家へ引っ越すことになり、引っ越し屋が11日に来てくれることになったの。まり子さんは初めてのことなので、道子さん、明日から12日まで休んでください。工場には私が倒れたと言えば許可してくれるでしょう」と指示を与えた。


11月3日、まり子と桃子がやってきた。まり子は、

「家に帰って主人に話しましたら大変喜んでいました。2階建てなら目白の両親にも来てもらおうと夕べ電話をしましたら、ぜひ引っ越したいと言います。両親も絹子さんによろしくとのことでした。本来なら主人がお礼にまいるところですが、引っ越しのためでも2日しか休めませんので、11日にお礼にまいります。今日の夕食にと、すき焼き用の肉を持ってきました。それから桃子を連れて担任の先生のところにワインを2本持っていって、転校届を書いていただきました。先生にワイン2本を差し上げると、『ワインなんて5、6年ぶりだなあ。ありがとう、ありがとう』と何度も言いながら、『桃ちゃ

んがいなくなったら寂しいなあ』と桃子の頭を撫でてくれました。

それから、妹様の借家があと一軒あるとおっしゃっていましたが、私の実家のある青山の方も危ないと思い、夕べ電話したら、父がぜひお借りしたいと申しておりました。絹子は厚かましいお願いですが、もう一軒お借りできないでしょうか」と懇願した。

「それならすぐ電話しましょう」と妹に電話した。

「まり子さんがお入りになる家のお隣だそうです。間取りと住所を書いたものを私に送ってくれると言っていました。まり子さん、入居される方のことを知りたいとのことですので電話に出てください」と言いながら受話器を渡した。まり子は何度もよろしくお願いしますと言って受話器を置いた。

そしてまり子は、「私たち3家族を救ってくださいましてありがとうございます」と何度もお礼を述べた。絹子は今日の買いものを渡し、「まり子さんのお宅では貯金はどこに預けてありますか」と尋ねた。

「社宅内の郵便局と吉祥寺駅前の銀行です」

「それでは、これから帰る時に道子もご一緒させます。売店にいろいろ頼んだら、道子が家の分の買いものを受け取りますので、まり子さんはすぐ郵便局へ行って全部おろしてください。今はいろいろお金がいりますから」と指示をした。

お昼を皆で食べて、道子とまり子たちは3人で帰っていった。

それからというもの、まり子は桃子を連れて中谷家に毎日来ては、絹子の言う通りにした。

11月9日になった。3日の日からは、桃子が来ると、洋子は2人でお隣に遊びに行った。桃子は毎日リュックにお菓子を持ってきて、4人で遊んでいた。引っ越したらもう会えなくなるからである。

絹子はまり子に、「武蔵野町の町役場を知っていらっしゃいますね。今日もまた道子をご一緒させますので、売店でいろいろ頼んだら、まり子さんは転出届をもらいに行ってください。転出届は小金井町役場に1週間以内に出してください。11月11日の引っ越しには大二郎をお手伝いにやります。大二郎は妹の家も知っていますし、何日でもお手伝いすると言っています。大二郎には、いろいろなことを教えておきますので、便利ですから安心してください。それから11日は皆さんリュックを背負ってきてください。おにぎりをたくさん作っておきます。2日ぐらい持ちます」と、細かく教えていた。お昼を食べ、道子と3人で帰って行った。

11月11日、引っ越しの日となった。大二郎を休ませ、朝から絹子と道子がおにぎり作りを頑張っているところに、まり子とご主人と桃子がやってきた。皆リュックサックを背負っている。

お互いに挨拶をして、まり子は「私もおにぎりを作ります」と台所に行った。絹子は「桃ちゃん、洋子。お隣で遊ぶのは最後ですからね。洋子、お隣の麗子さんにすぐ来てくださいと伝えてちょうだい」と言った。ご主人は「もっと早くご挨拶をと思いましたが、休みが取れず失礼しました。このたびは3家族を救っていただきまして、絹子さんにはほんとうにお世話になりました。ありがとうございます。向こうに落ちつきましたら改めてご挨拶にまいります」と頭を下げた。まり子はリュックから「これは今夜の絹子さんの家のお刺身です」と食べものをくれた。

麗子がやってきた。麗子は「引っ越しが出来てよかったですね」と言う。まり子のご主人はリュックから上等の洋酒2本を出し、「先生に差し上げてください。そしてこれは、今夜のお宅の夕食に」と刺身を渡した。おにぎりが出来上がると、絹子は「ノリがまいてあるのは明日、あとは今夜食べてください。引っ越し屋さんにも食べてもらってください」とまり子に言った。

皆でお昼を食べた頃、「空襲警報解除」のサイレンが鳴った。「では、ありがとうございました。またお会いしましょう」とおにぎりを持って、まり子一家と大二郎は一緒に出発した。お隣の麗子と子供2人、絹子と道子と洋子の3人は、見えなくなるまで見送った。

11月21日、大二郎が帰ってきた。「まり子さんにいろいろと教えて小金井の叔母さんの家に連れて行き、リヤカーを買って帰ろうと思ったら、目白のご両親が引っ越して来たんだ。また桃ちゃんのおじい様を叔母さんの家へ連れて行ってあげたり、小金井の町役場にも連れて行って、いろいろ手伝っていたら10日もたっちゃった。でも皆、大二郎さんがいなかったら2軒の引っ越しが出来なかったなどと言ってくれて、僕は嬉しかったよ」と言った。

その次の日の昼、まり子とご主人から電話があった。無事引っ越しが出来たこと、大二郎には大変お世話になったことなどのお礼であった。絹子はほっとした。

12月2日の日、道子が工場から帰ってきて絹子を自分の部屋に呼んだ。

「あのね、前に言っていました金子光晴という詩人は、喘息のご子息と奥様と女中さんを連れて、山梨の山中湖のそばにある平野村の貸し別荘へ疎開したそうです。金子さんの妹さんがその村に住んでいて、妹さんのご主人は代議士でその妹さんが来るように用意してくれたのですって」

「道子さん、あなたも新潟の伯父さんのところへ疎開したらどう？　伯父さんはぜひ来るようにと電話が何度もあったのよ」

道子は、「私が吉祥寺にいないとあの方が心配しますから絶対行きません」と拒んだ。絹子は早坂さんも困った人だと思った。

12月25日のことである。夕食もすみ、いつも9時に帰ってくる道子が10時になっても帰ってこないので会社へ何度も電話したが通じない。中谷一家は道子に何かあったのかと心配しだした。11時30分ぐらいに玄関のベルが鳴り、若い女性が入ってきた。「中谷さんのお宅ですね。道子さんは帰ってきましたか」と言うので、絹子は食堂に入れて冷たい牛乳を出し、飲んでからお話しくださいと言った。

「私は道子さんと同級生の田中美和子です。帰っていらっしゃらないのですか？　私たちは出勤して仕事をしていましたら『警戒警報』が鳴ったので、山田さん、道子さん、桜井さんと私は山田さんのお宅で避難していました。そのあと空襲警報が解除されたので、工場へ帰りお仕事をしておりました。4時頃、私が地下1階の食堂へお湯をもらいに行っていた時です。『警戒警報』も鳴らずドスンとすごい音がして、誰かが『空襲だ、逃げろ』と言って大勢が外へ逃げました。

するとと今度は誰かが、『外は危ない、地下へ逃げろ』と言うので、私は地下1階に逃げました。1時間ぐらいドスンドスンとすごい音がして、やっと音がしなくなり1階に上がりましたが、1階には誰もいませんでした。男性が『もう敵機は去った』と言って外に出るドアを開けたら、びっくりして『これはなんだ……』と言ったのです。その男性は『1トン爆撃が直撃すると人間は小間切れになり、誰だか分からなくなるんだ。この肉片の量は、千人は亡くなっただろう』と言ったので、私は腰が抜けてしばらく歩けなくなりました。でも、山田さんたちは山田さんの家へ行っているかもしれないと思い家へ行ったら、山田さんのお母さんは、『工場の方ですごい空襲の音がしていたのに誰も来ないので心配していた』と話します。私が見たことを話したら、お母さんはびっくりして、山田さんのお友だちの桜井さんのお宅へ電話をされました。桜井さんも家に帰っていないと言い、私はもしかしたら工場のどこかにいるかもしれないと工場へ戻り、いろいろ探したのですが、どこにもいないのです。また山田さんの家に行きましたが、やっぱり3人はいませんでした。道子さんのお宅は前に来たことがあったので知らせに来ました」

田中さんは思い出してワンワン泣きだし、今度は毅然として「私は小間切れになって死ぬのは嫌だ。自分で女学校を替える。同じ学校の友だちが転校して薬の包装の会社に行っているから、明日行ってみます。私の両親は女でも飛行機を造る会社に行っていると自慢しているけれど、親は当てにならないので自分でするわ」と言って帰っていった。

田中さんは偉いと洋子は思った。金子さんという詩人も疎開した。洋子は新潟の伯父さんのところへ疎開しようと決めた。

一家は寝ずに道子の帰りを待ったが、結局、道子は帰ってこなかった。

六章　洋子の疎開と終戦

次の日洋子は国民学校へ行き、帰ってきてすぐに「学校へ行ったら、軍の命令で、縁故のある人は縁故疎開するようにとのことでした。今学校の生徒が60人も死んでいて早くしなさいと言われたので、私は新潟の伯父さんのところへ行く」と、まだ道子の死で呆然としている絹子に言った。「お母さん、洋子が死んでもいいの」と言うと、「そうね、軍の命令では」と絹子は信一郎に電話をかけ転校先と住所を聞いた。「それでは行く支度をしなくては」と洋子の冬布団、毛布、パジャマ、下着をたくさんと湯たんぽなどを大きな箱に詰め込んだ。夕食の時、信介と大二郎に「洋ちゃんは、軍の命令で縁故のある人は縁故疎開するように言われたそうです。洋ちゃんの国民学校では、生徒が60人亡くなっているそうですので、新潟の兄のところへ疎開させることにしました。兄も『空いた部屋があるので待っている』と言っていました」と絹子が告げた。信介は、軍の命令ではしょうがないと肩を落とした。絹子は「大二郎さん、洋ちゃんの疎開のために3日休んでね」とお願いした。

次の27日、朝食を終え信介が出かけていってから、絹子はワイン2本を持ってきて「大二郎さん、洋ちゃんと学校へ行って転校届を書いてもらってください。これが行く先の学校です、と紙を渡すのですよ。私は疎開の荷造りに忙しいので、お願いしますね」と指示した。2人が出ていってから絹子は、リンゴの空箱に洋子の学校で使うランドセル、ナギナタやらをいろいろ詰め込んで、お昼のおにぎりを作った。3人で昼食を食べると絹子は「大二郎さん、リヤカーに洋ちゃんのお布団などの荷物を積んでありますので、郵便局までリヤカーを引っ張ってください。私が押します。洋ちゃんはお隣で遊んでいらっしゃい。そして『もうじき新潟へ疎開する』と麗子さんに伝えるのよ」と教えた。

それから絹子と大二郎は郵便局へ行って荷物の発送を頼み、帰ってきた。絹子は夕食までの間に、お土産にと言って箱にワインやドロップ、チョコレートをいっぱい詰め込んで、これで送るものは完了した。

28日。絹子は大二郎とリンゴ箱2つをリヤカーに積んで郵便局へ行き、発送の依頼をして帰ってきた。

29日になった。絹子と洋子の着るものを決めた。新潟は寒いと聞いているので、洋子には道子が着ていた素敵なコートと帽子を出し「これなら暖かくていいわね」と言う。絹子もよそ行きのコートと大きなボストンバッグを出し「これで明日新潟に行く用意が出来た」と言った。洋子と絹子はお隣に挨拶に行った。麗子は「桃ちゃんも行ってしまい、今度は洋ちゃんも新潟へ行ってしまうのですね。だんだん寂しくなりますね」と寂しがっていた。絹子は「私は一泊して帰ってきますので、これからもよろしくお願いします」と言って帰ってきた。夜に、新潟の信一郎から荷物が着いたとの連絡があった。

30日、新潟行きの日となった。絹子は早くから起きご飯をたくさん炊いた。朝食の時に信介は「洋子、新潟はとても寒いから身体に気をつけて。何か欲しいものがあったら何でも送ってあげるからね」と元気づけてくれた。また大二郎も「寒いところなので、暖かいものを着て学校へ行くんだよ」と言う。2人とも優しい。

朝食が終わると信介も大二郎も勤めに出て行った。絹子は具だくさんのおにぎりをたくさん作ってボストンバッグに入れ、お菓子もたくさん入れて、9時30分に家を出た。

絹子は、「洋ちゃん素敵よ。コートに手袋も、マフラーもショルダーバッグもお帽子も」と言う。絹子も素敵な和服のコートを着て大きなボストンバッグとショルダーバッグを持って駅に向かった。吉祥寺駅からの電車はすいていた。上野駅で新潟行きの列車に乗りかえた。列車は絹子と洋子が向かい合って座れる余裕があった。

絹子は「新潟へ行ったら、村の人に東京の自慢話をしてはいけませんよ。そんなことをしたら、村の子供たちに苛められます。そして伯父さんの家といっても洋ちゃんは居候なんですから、今までのようにもいきません。皆様のことを考えて、少しでもお役に立つようにするのですよ。そして、何かあったら伯父さんに相談してくださいね。分からないことがあったら私あてにお手紙をください。ハガキ、便せん、封筒、切手をたくさん持ってきましたからね。返事を書いてあげます。必要なものは何でも送りますから、手紙でもハガキでもいいから出すのですよ。お金もたくさん置いていきます。学校のそばに公衆電話があるそうです。そこから電話をかけてください。身体に気をつけてね。あまり無理をしないこと。無理は長続きしませんから」と言っているうちに、「お母さん、あれ海みたい」と洋子が声を上げた。

「あれが日本海ですよ。もうすぐ着きますよ、次の駅です」と絹子に促されて電車を降りると、ホームで背の高い男の人が近づいてきた。

絹子は「お兄さん、お久しぶりです。洋子を連れてまいりましたのでよろしくお願い致します」と頭を下げた。信一郎は「絹子も大変でしたね。洋子さんですか、何年も見ないうちに大きくなり、絹子に似て美人になりましたね。寒いですから車に乗りましょう」と絹子のボストンバッグを持ち、皆は車に乗った。洋子は美人と言われびっくりした。この伯父さんは普通の大人の男性と違うと思った。寒かったでしょうなどと話しているうちに、大きな門のある家に着いた。中には広い庭と池もあった。車は玄関に着いた。

信一郎は、お部屋はこっちですよと言いながら絹子と洋子を案内した。「部屋は1階の6畳です。隣は女中の林さんの部屋で、荷物は部屋に置いてあります。夕食は7時からで、食堂は1階にあります。今5時ですからそれまでゆっくりしているといいでしょう。すぐに炬燵を用意するからね。6時30分に僕が迎えに来るので、それまで寛いでいるといいよ」と言って、出て行った。すぐ林さんが来て炬燵の用意とお菓子を持ってきた。絹子は「洋子がこれからお世話になります」とお金の入った小袋を渡し、羊羹とチョコレートの入った袋も渡した。林さんは「こんなお気遣いいただきありがとうございます」と恐縮している。「洋子さん、何かあったら夜はいますのでいらっしゃってください」と、すぐに声をかけてくれた。

絹子と洋子が炬燵で温まりお茶を飲んでいると、信一郎がやってきて、食堂へ行こうと案内してくれた。食堂は1階でストーブが暖かく、テーブルと椅子が20脚ぐらい並んでいる。皆集まった。信一郎は、「皆さん、ここにいらっしゃるのは私の妹の絹子とその末娘の洋子さんです。洋子さんは国民学校5年生です。吉祥寺に住んでいますが、11月からB29の空襲が激しくなり、絹子の長女で女学生の道子さんが爆死なさいました。国民学校生も軍から疎開するように命令が出て、洋子さんは自分からここへ疎開したいと希望されました。絹子は明日朝に東京に帰りますが、洋子さんは戦争が終わるまで皆さんと生活します。どうぞ皆さん仲よくしてください」と紹介した。絹子と洋子は「よろしくお願いします」と挨拶した。

夕食が終わると絹子は「お兄さん、これを持って2階のお義姉さんへご挨拶したいのです」と言うと、信一郎は受け取って「重いね」と言いながら、2階の部屋へ持っていった。絹子と洋子も信一郎の部屋へ行くと、義姉がいた。絹子は、「お義姉さん、洋子をよろしくお願い致します」と言いながら、お礼がたくさん入っていそうな大きい袋を出した。

「これは洋子の1年分の食費です。たりなかったらお送りします。そしてこの箱のものは、ご挨拶がわりのものです」

「絹子さん、そんな堅いことをなさらなくてもよいのに」と言いながらも受け取り、義姉は嬉しそうだった。洋子はやっと自分の置かれた立場が分かった。絹子が居候と言ったこと、そしてここでは自分は余所（よそ）の家の子なんだと分かり、なるべく気をつけて迷惑をかけないようにしようと思った。

絹子と部屋に帰ると、絹子は洋子が住みよいように整理してくれた。トントンとノックして林さんが湯たんぽ2つを持ってきた。2人分の布団を敷き、「お疲れになったでしょう。明日は私が起こしにまいりますから、ぐっすりとお休みなさいませ」と言って出て行った。
31日になった。目覚まし時計が鳴ったので、2人は着替えて洗面所へ行き、歯みがきと洗顔をすませると布団をしまい食堂へ行った。食事が終わると絹子は、「皆さん、洋子をよろしくお願いします」と挨拶をして部屋に戻りコートを着て、自宅に帰る支度をしている。すると、信一郎夫妻が来て、絹子のボストンバッグにたくさんのお節とお餅を入れた。絹子は、「まあ、久しぶりにお正月が出来ます」とお礼を言った。信一郎が、「洋ちゃんもコートを着て。駅までお母さんをお見送りに行きましょう」と言う。信一郎車に2人が乗り、駅へと向かった。絹子が列車に乗り見えなくなるまで見送ってから、洋子は車に乗り込んだ。車の中で信一郎が「お母さんがいなくても僕がついているから大丈夫だよ。それに洋ちゃんはしっかりしている。分からないことがあったら、いつでも僕に言ってね」と励ましてくれている間に、家に着いた。

昭和20年1月7日になった。国民学校の始まる日だ。洋子は暖かいもんぺをはき、冬のコートを着てランドセルを背負った。防空頭巾をかぶって藁沓（わらぐつ）をはき玄関に行くと、信一郎の長男である栄一とその息子の純一が来て「洋ちゃん、今日は、転校の手続きを僕がしますので3人で行きましょう」と誘ってくれた。栄一は「純一は少し方向音痴のところがあって、僕が送り迎えをしているのですよ。洋ちゃんは、帰りは一人で帰ってこられますか」と尋ねた。洋子が「大丈夫、一人で帰れます。さっきの二本松のところから学校が見えました。わりあい近いんですね」と話していると学校に着いた。「純一を教室に連れて行きますので洋ちゃんは待っていてください」と言われ、少ししたら栄一が帰ってきた。「3階の右が校長室です」と言って洋子を連れて行く。3階に来てトントンとドアを叩くと、校長先生が出てきてどうぞと招き入れてくれた。校長先生は「山田様からお話はお聞きしておりました。ご苦労様です。では手続きをします」と書類にポンと印を押し、「洋子さんは、新潟は初めてとか。慣れればこの村もいいところですよ。5年生ですね。担任は小川先生です」と言って大きな声で小川先生を呼んだ。職員室から、ハイと言って眼鏡をかけた女の先生が来た。校長先生は「前から話してあった、山田さんのお宅に縁故疎開でいらっしゃった、中谷洋子さんです。5年生なので先生よろしくお願いします」と言った。栄一もよろしくお願い致しますと挨拶した。

小川先生が、「私が責任を持ってお預かり致します」と言うと、栄一は帰っていった。

小川先生は「5年生は2階ですから」と言いながら、洋子を引率していった。教室に入ると生徒の前で「東京から疎開してきた中谷洋子さんです。皆さん仲よくしてくださ い」と洋子を紹介した。洋子は、「中谷洋子です、よろしくお願いします」と言って席に着いた。教室はストーブが焚かれていて暖かかった。午前と午後の授業も終わり帰ろうとした時、一人の女の子が「私は藤本節子です。あの二本松のところに住んでいます。山田様のお宅のすぐそばです」と話しかけてきた。2人は帰りながら純一のことを話した。節子は「私毎日、純ちゃんが学校に行くのを見ているのよ。これからは、行きだけは3人で行きましょうよ。純ちゃんはお昼で終わるので、帰りはお父様に来てもらったらどうかしら」と言ってくれたので、洋子は「明日から3人で学校へ行きましょう」と言って節子と別れた。

その日、夕食が終わってその話を信一郎に話すと、そうしてもらえるとありがたいとさっそく栄一に言ってくれた。

1月8日、洋子は純一と二本松まで行くと節子が待っていた。純一は2人に手を繋いでもらい、『春よ来い』の歌を大きな声を出して歌いながら、学校まで行った。「純ちゃん上手ね」と節子や洋子に言われて、純一は嬉しそうだった。

1月9日、節子と帰る時、「日曜日は、私のおばあさんと母は藁沓を編み、お兄さんと私は藁人形を作っているの。すごく簡単だから、洋ちゃんならすぐ覚えると思うの。今度の日曜日遊びに来ない？」と誘ってくれた。洋子は「行きたいけれど、伯父さんに聞いてみるわ」と別れた。信一郎は、「洋ちゃん、村の人はね、ちょっとでも変わったことをすると気にするんだよ。難しいので、分からないとは思うけれど。ま、誰にも言わないと約束したらいいですよ」と言った。

次の日、節子に言うと、「大丈夫、家の者に言っておきますから」と約束してくれた。そのことを聞いた信一郎は、いいでしょうと許可した。

日曜日になった。朝食を食べて出ようとしたら、信一郎が「これは教わり賃です。持っていきなさい」と缶詰が5個入った袋を持たせてくれた。洋子はまわりに人がいないのを確かめて、節子の家に行った。玄関を開けると皆が顔を出して、「待ってましたよ。寒いから入って入って」と歓迎してくれた。囲炉裏はパチパチ燃え、薬缶がチンチン鳴っていた。洋子は、「素敵ね、歌と同じね」と言った。「伯父様が教わり賃ですと言って持たせてくれました」と言いながら缶詰を出した。節子のおばあさんは、山田さんはお優しい人だと感心していた。

「このことは誰にも言わないから安心してね」と、節子は鶏の藁人形の作り方を教えてくれた。午前に洋子も1つ出来た。おばあさんがお昼にしようと、皆でオジヤとガッコという漬物を食べた。洋子は「皆と食べると楽しいね。この漬物おいしいね」と、心から楽しかった。午後は鶏の藁人形と純一が欲しいと言っていた馬人形も出来、おやつに絹子が置いていったチョコレートを3枚出したら、皆「チョコレートなんて何年ぶりかしら」と喜んでいた。洋子は節子の家の住所を聞き、洋子の住所を渡した。節子は「今年のドカ雪は早いと伯父様に伝えて」と言う。そして皆がお礼を言った。おやつを食べながらおばあさんが、「戦争が始まってからろくなことはない。長男は赤紙が来て戦地へ行ってしまった。次男は土地がもらえると満州へ行ってしまった。残ったのは女子供だけになってしまった。満州へ行ったって土地がもらえるはずがない。馬鹿だから本気にして行ってしまった。これは内緒ですよ」と言った。洋子は皆戦争で大変なのだと実感して帰ってきた。帰って信一郎に報告して「満州ってどこにあるの」と聞いたら、「この村もそうだったのか。皆大変だなあ、洋ちゃんには難しいので、今度ゆっくり説明してあげます」と言う。そして、「ドカ雪が近いのなら、すぐ冬用のタイヤに取り替えましょう」と信一郎は言った。

3日後、ドカ雪が降りだした。

朝食の時に信一郎が「ドカ雪で洋ちゃんも、純ちゃんも学校へは行けませんので、春までは学校はお休みです。働いている人は前と同じように駅まで送り迎えしますので出勤してください」と言った。信一郎の下の子である麻由美、健一、知子の3人は、学徒勤労令により働きに出ていた。

洋子は朝食を食べると林さんにバケツと雑巾を借り、湯たんぽの湯を入れて、廊下と玄関とを毎日掃除し始めた。それを見た純一が「洋ちゃん何してるの」と言ったので、「体操しているのよ」と答えた。「子供は体操しないと背が伸びないのよ」と言うと、純一は「僕はどうしたらいいのかなあ」と言ったので、洋子が「廊下を毎日5、6回走ると、純ちゃんの背も高くなるし身体にもいいよ。だけど無理してはダメよ。疲れた時は休むのよ。そうすれば背が高くなりどんどん素敵になるよ」と言ったら、純一は毎日廊下を走るようになった。洋子は午後は絹子へ手紙を書き、次の日は信介へ、大二郎へと手紙を書いた。信一郎の長女の麻由美が、手紙を出すなら駅のポストに入れてあげるからと言ってくれるので頼んでいる。桃子の時は、鶏の藁人形と節子の住所を入れた。

2月末のことである。信一郎が食事の時に沈痛な顔をして皆に話した。

「京橋の我が家はB29の空襲で焼けてしまったことを皆にお知らせします。私は戦争が始まってから、いつかはこのようなことが起きると思っていました。サイパン島が玉砕した時からこの村に疎開してきました。実は戦争が終わったら京橋の土地に10階建てのビルを建てますが、その資金は確保してありますのでご安心ください。栄一と考えた建築予定図もあり、設計は建築家にも頼んであります。1階はお店、2階が我が家の住宅で3階は店舗。4階から上はアパート(賃貸)と今は考えております。屋上もいろいろ考えております。多くの人が焼けだされると思いますので、少しでもお役に立ちたいからです。そんなわけで、戦争が終わりビルが建つまでここの家で頑張りましょう」との話があった。

洋子は伯父さんってすごい人だとあらためて思った。近頃知ったことだが、信一郎と、地主の次男で京橋の副社長をしている人が交互に越して来た時から、村役場に出勤して村の人々の相談に乗ってあげたらしい。2人とも慶応大学の経済学部を卒業して知識が豊富なので、村のいろいろな法律問題にもアドバイスしてあげたそうだ。それも無料でしているので、村では、よい人が来たと喜んでいる、との話である。


3月10日の朝のことである。洋子は昨夜から家の人が起きているような感じがした。食堂へ行けば分かると思って行くと、

「昨夜より新潟市が空襲で燃えています。駅に電話したら不通になっています。通勤している麻由美たち3人は、今日はお休みです。地方都市まで空襲ですから、東京は大変なことになっていると思います」と信一郎が話していた。

夕食の時に信一郎は、「東京の友人から電話があり、今日下町はすごい大空襲があって、何万もの人が亡くなったそうです。皆さん、戦争で亡くなった人に黙禱を捧げま

しょう」と言うと、「黙禱」と合図をした。

しばらくして、絹子から手紙が来た。

『3月10日は下町がすごい大空襲を受けた日で、吉祥寺から真っ赤に燃えるのがよく見え、何万もの人が亡くなられたのことです。

洋ちゃんが新潟へ疎開してよかったと思っています。お隣のお子さんたちも、小平の伯父さんの家へ疎開しました。それから、山梨の平野村へ疎開した金子光晴さんの喘息のご子息に赤紙が来て、金子さんは村医に診断書を書いてもらい軍に持っていき、あと1年猶予になったのですって。それが3月10日だったと、金子さんが泊まった宿の隣の奥さんに聞きました。病人にも赤紙が来るようになっては、日本も長いことはないと話し合いました。

もう少しです。洋ちゃんも身体に気をつけてお過ごしください。少しいりそうなものを送りました。金子さんのことは、兄へ電話で話しました』

洋子は嬉しくなり、母はいつも自分のことを思ってくれているのだと思い、絹子に返事を書いた。

5月15日のことである。絹子から小包と手紙が来た。入っていた手紙を読むと、『克彦さんがフィリピンで戦死したとの公報が来ました。私はずっと覚悟していましたが、公報が来ると悲しいです。戦争は私の大切な長男と長女を奪っていきました。洋ちゃんは身体に気をつけてください』

とあった。小包にはいろいろなものとお金も入っていた。洋子はあの優しいお兄さんが亡くなったと思うと悲しくなり、ワンワン泣いた。次の日、学校の帰りに公衆電話で絹子と話し、2人でワンワン泣いた。電話で話し始めて5日目、絹子は「洋ちゃん、いつまでも泣いていても始まりません。生きているものがしっかり生きていきましょう」と励ましてくれた。洋子もそう思ったので、それで電話で泣くことはやめた。

7月15日。絹子からまた小包と手紙が来た。

『7月1日に大手町はすごい空襲に遭い、大手町のビル街は全滅してしまいました。お父さんの勤めていたビルもなくなり、お父さんは失業して毎日溜め息ばかりついていましたが、今日はやっと庭の畑（2月から畑にしました）に水をやるまでになりました。洋ちゃん、お父さんの声が聞きたいと電話をしてください。それから、お父さんが失業してもお家のお金は3年や5年はお母さんが貯めてありますので、心配しないでください』

とあった。洋子は学校の帰りに電話をした。信介が出た。前より優しくなり、「身体は大丈夫か？　何か欲しいものはないか、すぐ送ってやるよ」と言う。さらに「戦争が終わったらすぐ迎えに行くからね、また電話してください。お父さんも手紙を出しますから」と、とても優しかった。

8月11日の夕食の時、信一郎が「8月に入り、広島と長崎に新型爆弾が落とされました。1個ずつとのことですが、その1個で数万人もの人が亡くなったという恐ろしい新型爆弾です。亡くなった方々に黙禱をしましょう」と言って全員で黙禱した。

8月15日、朝食の時である。信一郎は「今日お昼に重大発表をするからラジオを聞くようにとのことです。麻由美たちは仕事を休み、全員でラジオを聞きましょう」といつもより厳しい顔で言った。

お昼にラジオの前に全員集まり、ラジオを聞いた。洋子にはラジオが何を言っているのか難しくて分からなかった。少したって栄一が「どうやら負けたようですね」と呟くと、信一郎は「やっと戦争は終わったようですね」と言った。麻由美たちは、「これからは学校へ行けるんですね」と言い、皆明るい顔になった。

夕食が終わり廊下から庭を見ると、月が昇り昼間のように明るいので、洋子は夜の村が見たくなり門を出て、村が一望出来るところへ来た。その時である。村の稲穂が風にそよぎ、その上を何万もの蛍が飛んでいた。洋子はこんなたくさんの蛍を見たのは初めてで、ずっと見ていたら、洋子にはこの蛍は戦争で亡くなった人たちが蛍になって帰ってきたように思われた。

大きく立派な蛍は克彦の蛍、優しい顔をした蛍は道子の蛍だ。小さな蛍は七歳で爆死した雪ちゃんの蛍だと思ったら、雪ちゃんの声がした。「もっと生きたかったよ」の声に、洋子は涙が溢れてきた。涙の向こうに何万もの蛍が光を増し踊りだした。

参考文献

金子光晴『詩人　金子光晴自伝』１９９４年　講談社文芸文庫

〈著者紹介〉
金丸幸世（かなまる さちよ）
昭和８（1933）年生まれ。
８歳の時に戦争を体験し、戦争の恐ろしさや当時の暮らしを少しでも多くの人に知ってもらいたいと思い、執筆に至る。

吉祥寺物語（きちじょうじものがたり）
―戦火（せんか）を生（い）きた一家（いっか）の記録（きろく）―

2023年11月30日　第1刷発行

著　者　　金丸幸世
発行人　　久保田貴幸

発行元　　株式会社 幻冬舎メディアコンサルティング
〒151-0051　東京都渋谷区千駄ヶ谷4-9-7
電話　03-5411-6440（編集）

発売元　　株式会社 幻冬舎
〒151-0051　東京都渋谷区千駄ヶ谷4-9-7
電話　03-5411-6222（営業）

印刷・製本　中央精版印刷株式会社
装　丁　　野口 萌

検印廃止

ISBN 978-4-344-94599-9 C0093
幻冬舎メディアコンサルティングＨＰ
https://www.gentosha-mc.com/